Die Pappenschläfer

Ali Ghazanfari

DIE PAPPEN-SCHLÄFER

Roman aus dem Persischen übersetzt

Bibliografische Information durch die Deutsche Nationalbibliothek: Die Deutsche Nationalbibliothek verzeichnet diese Publikation in der Deutschen Nationalbibliografie; detaillierte bibliografische Daten sind im Internet über http://www.dnb.de abrufbar.

Die persische Originalausgabe erschien 2010
bei Avayekelar, Teheran

ISBN 978-3-86268-698-8

Hergestellt in Leipzig, Germany (EU)
www.engelsdorfer-verlag.de

10,00 Euro (D)

»Sadegh, was ist in Teheran besser ... was denkst du? Auch hier gibt es viel Arbeit. Natürlich ist der Verdienst niedriger, aber genauso sind die Unkosten niedriger. Und wir sind alle beieinander. Es ist zwar richtig, dass du 18 Jahre alt bist und nach Fortschritt und Arbeit suchst, um so schnell wie möglich auf den eigenen Beinen stehen und ein unabhängiges Leben führen zu können, aber dazu musst du nicht zwangsweise nach Teheran ziehen. Auch hier auf dem Land gibt es viel Arbeit, und man kann nach und nach selbständig werden. Deine Mutter, deine achtjährige Schwester und ich fänden es sehr schön, wenn du bei uns bleiben würdest. Du lebst ja schon alleine und wirst, so Gott will, Inshaallah, auch eine Frau finden. Dann werdet ihr alleine leben, und wir können in einer halben Stunde bei euch sein, oder ihr bei uns. Man braucht einander, die Familie muss in der Nähe sein, vor allem bei unvorhergesehenen Ereignissen, bei Krankheiten oder bei Sorgen.«

»Viele Dinge, von denen Sie, Vater, gesprochen haben, sind so richtig, dass ich nichts dagegen einwenden kann. Aber meinen Sie, ein Mensch kann richtig selbständig werden, wenn er nur einfach heranwächst, ohne je Erwachsen zu werden? Da stehen doch immer solche

Fragen im Raum: Bis wann soll ich nach Hause kommen? Ist alles erledigt und bereit? Nein! Ich muss alleine leben und alleine arbeiten, auch an mir selbst. Sich immer auf die Eltern zu verlassen ist doch nicht richtig! Sie wissen, dass ich ein fleißiger Schüler war. Nun bin ich 18, habe mein Abitur, kann aber aus verschiedenen Gründen nicht an die Universität. Das ist nicht schlimm, es müssen ja nicht alle einen Universitätsabschluss haben. Man sollte jeden Beruf respektieren, solange man nichts Illegales tut, nicht lügt und betrügt, seine Arbeit ernst nimmt, sie gern macht und seine Ideale nicht aufgibt.«

Sadegh zögert einen Augenblick und schaut seine Schwester Rona an.

»Ich vergöttere diese Dame«, fährt er fort, »aber sie hat noch Zeit. Ich werde sie selbst an die Universität schicken.«

Sein Blick schweift nachdenklich durch den Raum und bleibt an der Mutter haften. »Einer meiner Gründe, warum ich nach Teheran gehen möchte, ist diese junge hübsche Dame Rona, und das weiß Vater auch. Mutter, Rona ist acht Jahre alt. Sie wird langsam erwachsen, bekommt ihr Abitur ... Ich möchte so gerne sehen, dass sie an die Universität geht, denn sie ist ein Mädchen, und je mehr Bildung ein Mädchen erhält, desto besser kann sie arbeiten und muss nicht von morgens bis abends Zuhause vor sich hinvegetieren. Sie kann dann mit erhobenem Haupt in dieser Gesellschaft leben und unabhängig sein.«

Die Mutter zuckt zusammen, ihr Gesicht errötet leicht, während sie ihre Hände im Schoß aufeinander presst.

»Also bin ich jahrelang dahin vegetiert, weil ich *nur* eine Hausfrau war? Mein Sohn, jeder Mensch hat eine Aufgabe im Leben. Dein Vater verdient das Geld und ich bin Hausfrau. Ihr beide seid bislang zur Schule gegangen – jetzt geht halt Rona noch zur Schule und du suchst nach Arbeit. Denkst du etwa, dass Rona nicht zur Uni gehen wird, wenn du hier bleibst? Selbst wenn, was soll dann passieren? Und wenn sie anders herum ihren Doktor macht – im Endeffekt muss sie doch heiraten und den Haushalt führen.«

»Es ist richtig, Mutter, dass Mädchen und Jungen irgendwann heiraten. Aber die Zeiten haben sich geändert. Eheleute sind nun gleichberechtigt – beide sind für ihr Leben verantwortlich. Wenn sie die Last des Lebens gemeinsam auf ihren Schultern tragen, verstehen sich beide untereinander und mit der Gesellschaft besser. Sie begreifen, wo die Gesellschaft gut funktioniert und wo sie Schwachstellen hat, und wie man sie verändern muss. So können sie für sich bessere Entscheidungen treffen und müssen nicht andere Personen darum bitten. Das trifft besonders auf die Erziehung der Kinder zu. Nein, lieber Vater! Nein, meine gütige Mutter! Ihr habt alles in eurer Macht stehende für uns getan, mehr geht nicht. Doch nun, da ich erwachsen bin und mehr tun kann, sollte ich auch danach handeln. Ich muss gehen und zurückkehren, damit wir später gemeinsam ein besseres Leben führen können. Ich muss gehen, denn ich bin nicht nur für mich, sondern auch für Rona verantwortlich.«

»Es wirkt so, als ob du auf keinen geraden Weg gelangst«, entgegnet der Vater ganz ruhig.

Sadegh umarmt seinen Vater, küsst dessen Hand, und sagt: »Eigentlich geht mein Weg nur geradeaus, da ich mich bemühen und fleißig sein werde. Vor allem solange ich jung bin. Ich muss dafür Sorgen, dass meine Kinder später stolz auf mich sind, genauso wie ich stolz auf sie bin. Rona braucht ihren Bruder, und wenn er es schafft, ein Vorbild für sie zu sein und ihr zu zeigen, dass wir Menschen selbst für unser Schicksal verantwortlich sind, dann wird sie eines Tages auch ein Vorbild für ihre Kinder sein. Und zwar dann, wenn wir uns bemühen und fleißig sind. Und wenn wir beginnen unseren Weg zu ändern, nicht auf der Stelle stehen bleiben und uns sagen: Dies ist unser Schicksal, und daran können wir nichts ändern.«

Die Mutter schaut Sadegh fragend an.

»Also willst du das Schicksal ändern?«

»Ich will es richten, aber wenn es nötig ist, werde ich es auch ändern. Das ist meine Pflicht und meine Verantwortung für die Welt. Ja, Mutter! Ich wurde geboren, um das auf meinen Schultern zu spüren. Und eine meiner wichtigsten Pflichten ist es, die Arbeit und den Fleiß in meinen jungen Jahren nicht zu vergessen. Nicht, dass ich faul auf der Haut liege und darauf warte, dass sich schon alles regeln wird. Nein, Mutter! Das ist das Motto der Unfähigen oder derjenigen, die zwar fähig sind, aber keinen Verstand haben, um die Fähigkeit zu nutzen.«

»Was für einer Arbeit willst du denn nachgehen? Hast du schon einen Job, oder willst du einfach auf gut Glück nach Teheran fahren?«

»Ich habe mich in Teheran etwas umgehört. Dabei ist mir aufgefallen, dass es am einfachsten ist, bei einem Taxiunternehmen zu arbeiten. Ich werde dort 14 bis 15 Stunden täglich arbeiten. Bei meinem Fleiß und Verhalten, meiner Ehrlichkeit und den Fähigkeiten, die ich habe, werde ich bestimmt erfolgreich sein. Ich werde arbeiten und sparen. Hochgerechnet ... da habe ich sieben oder acht Millionen Tuman zurückgelegt, und damit kann man hier auf dem Land viel machen.«

»Was zum Beispiel?«, fragt der Vater.

»Das weiß ich noch nicht genau, aber eine Möglichkeit wäre, Immobilien zu bauen. Sie wissen selbst Vater, wie viel Gewinn man damit machen kann. Man kann Wohnungen mit 80/90 Quadratmeter für weniger verdienende Familien bauen und sie zu einem vernünftigen Preis verkaufen. So kann man Geld verdienen und seinem Heimatort gleichzeitig etwas Gutes tun. Sie haben selbst vor einigen Tagen gesagt, dass das 500 Quadratmeter große Grundstück neben unserem Haus zum Bau von kleinen, günstigen Appartements geeignet ist. Der Preis ist gut, 4000 Tuman[1] pro Quadratmeter, das macht insgesamt zwei Millionen Tuman. Wenn ich sieben oder acht Millionen Tuman hätte, könne ich locker ein solches Projekt starten.«

»Das heißt, dass du Immobilien bauen und verkaufen möchtest?«

»Nicht im eigentlichen Sinn! Ich will keine billigen Wohnungen bauen und sie teuer verkaufen. Ich will Geld verdienen, etwas Gutes tun und dazu noch Spaß

[1] Persische Währung

an meiner Arbeit haben. Das heißt, ich will so bauen, dass ich Gewinn habe. Dass es für die anderen aber auch kein Wucher ist, die Wohnungen zu kaufen.«

»Aber einige haben kein Gewissen, sie bauen Wohnungen zu einem niedrigen Preis und verkaufen dann die Immobilien zu einem drei oder vier Mal höheren Preis.«

»Nein Vater! Ich bin keiner von denen. Sie kennen Ihren Sohn sehr genau.«

Am nächsten Morgen beginnt Sadegh, seine Sachen zu packen, während ihn Rona traurig beobachtet. Ganz langsam rollen Tränen über ihre Wangen, bis sich Sadegh ihr gegenüber setzt.

»Warum weinst du denn, meine hübsche Dame?«

»Weil du nach Teheran gehst«, entgegnet sie weinend, »und ich allein bleibe. Ich werde dich vermissen. Du bist noch nicht weg und ich weine schon. Wie wird das sein, wenn du erst gegangen bist?«

»Nicht weinen, mein Fräulein. Erstens werde ich euch alle paar Monate besuchen. Zweitens bist du nicht alleine, du hast so viele Schulfreundinnen. Und außerdem wirst du, so Gott will, bald dein eigenes Leben gestalten, deinen eigenen Weg gehen.«

»Versprichst du mir, uns zu besuchen?«

»Ich gebe dir mein Ehrenwort, dass ich meinen Vater und die Mutter und meine Schwester Rona besuchen werde. Ansonsten soll Gott diesen jungen Sadegh strafen.« Sadegh ist so vertieft in das Gespräch, dass ihm die Anwesenheit von Mutter und Vater nicht auffällt. Als Rona plötzlich zu lachen beginnt, bemerkt er sie schließlich, und um die Peinlichkeit zu überspielen, fährt er im Satz fort: »Meinen ehrenwerten Eltern werde ich dieses Versprechen ebenfalls geben.«

Alle lachen – ein Lachen, das mit Sorge und Traurigkeit vermischt ist, und beim Vater auch noch sorgenvoll klingt. Sadegh packt seine Sachen. Die Mutter gibt ihm Bettwäsche mit.

Der Vater geht langsam mit einem großen Paket in der Hand auf ihn zu und sagt: »Schau, Sadegh! Das sind die Ersparnisse meines ganzen Lebens – das heißt, unsere Ersparnisse, denn sie gehören nicht nur mir. Ab jetzt gehören sie auch dir.«

»Warum, Vater?«

»Es ist nicht viel, aber es kann dir nützlich sein. Deine Mutter und ich haben das Geld für deine Hochzeit und als Mitgift für deine Schwester zurückgelegt. Es sind 2,5 Millionen Tuman.«

»Nein Vater, nein! Bitte behaltet das Geld bei Euch. Ich muss Ihre Ersparnisse doch nicht mit nach Teheran nehmen und ausgeben. Nein, das werde ich nicht tun!«

»Das sind nicht die Ersparnisse von deinem Vater und mir allein, das sind unser aller Ersparnisse. Nun bist du an der Reihe, sie zu nutzen«, erklärt die Mutter.

»So ist es«, fügt der Vater hinzu. »Wenn du nach Teheran gehst, kannst du dir davon einen Gebrauchtwagen kaufen und damit arbeiten. So ist das Startkapital auch von dir, und vor Arbeit graust es dir ja auch nicht. So verdienst du mehr und kannst schneller zurückkehren.«

»Aber Vater ...«

»Es gibt kein Aber und Warum! Es wird so gemacht!« sagt der Vater mit ernster Stimme und duldet keine Widerrede.

Weinend umarmt Sadegh seinen Vater: »Sie sind nicht nur ein Vater, Sie sind auch ein ehrenwerter Mann. Sie und Mutter sind wie die Erleuchtung der Liebe. Eine Erleuchtung, die niemals verglüht und niemals dunkel wird. Sie sind wie eine Sonne, dessen Licht meinen Herrn erleuchtet. Sie ...«

Der Vater wischt mit den Händen Sadeghs Tränen weg.

»Pass bloß auf dich auf, Sadegh! Du bist ehrlich, du hast ein Gewissen und Prinzipien. Lass dir diese Prinzipien und niemals nehmen. Dort gibt es alles, Gutes und Böses. Sei wie die Bedeutung deines Namen: »Ehrlich«! Halte dich an das Gute und an die Guten. Gehe aufrecht und kehre mit erhobenem Haupt zurück!«

Sadegh packt das Geld in seinen Beutel, küsst alle und verabschiedet sich und macht sich auf den Weg nach Teheran.

Es ist Anfang Farvardin[2]. Sadegh bleibt zwei Nächte in einer Pension, bis er schließlich im Armenviertel der Stadt ein kleines Zimmer mit Bad und WC findet. Rasch kauft er alles ein, was im Haushalt fehlt – eine kleine Kochplatte, Geschirr und andere Kleinigkeiten. Drei Tage später kauft er einen preiswerten Gebrauchtwagen für 2.300.000 Tuman und stellt sich bei einigen Taxiunternehmen im Norden[3] Teherans vor, doch weil er noch

---

[2] Anmerkung des Übersetzers: März
[3] Anmerkung des Übersetzers: Das Reichenviertel Teherans

jung ist bekommt er keine Arbeit, bis der Chef eines Unternehmens schließlich sagt: »Hinterleg deinen Ausweis bei mir. Du bekommst eine zwei- bis dreiwöchige Probezeit, in der du dich beweisen kannst. Wenn alles läuft, kannst du hier fest anfangen. Vergiss niemals, jeder der in dein Auto steigt, wird behandelt, wie deine eigene Familie – Frau, Mann, Mädchen oder Junge, ohne Unterschied! Unser Taxiunternehmen arbeitet schon seit Jahren mit gutem Ruf und der muss unter allen Umständen bewahrt werden. Du bist jung, und so wie es aussieht, willst du arbeiten. Achte daher auf diese Dinge, Sadegh!«

»Seien Sie ganz unbesorgt!«, entgegnet Sadegh flapsig. »Geben Sie mir nur drei, vier Tage Zeit, um die wichtigsten Straßen Teherans abzufahren, damit ich die Wege, die Sie mir dann beschreiben, nachvollziehen kann.«

Sadegh lernt sehr schnell und beginnt nach drei, vier Tagen mit seiner Arbeit. Morgens um sechs Uhr fängt er an und bleibt bis neun oder zehn Uhr abends, manchmal sogar länger.

Nach drei Wochen ruft ihn der Leiter des Taxiunternehmens zu sich.

»Sadegh, es nicht mehr nötig, dass dein Ausweis bei uns hinterlegt ist. Wenn du so weiter machst, dann hast du in einigen Jahren zwei bis drei Wagen, die für dich fahren.«

Am Feierabend isst er in seinem kleinen Zimmer ein mageres Abendessen, erhebt sich anschließend zum Gebet und teilt tränenüberströmt seinen ersten Erfolg mit Gott.

»Danke, lieber Gott. Danke, dass du mir geholfen hast. – Gott, achte auf Rona, auf meinen Vater und auf meine Mutter.«

Nach fünf Wochen erhält Sadegh vom Leiter des Taxiunternehmens eine Adresse.

»Sadegh, fahr dort hin! Die sind wahrscheinlich neu hierher gezogen, denn bislang hat niemand von dieser Adresse ein Taxi bei uns bestellt.«

Sadegh nimmt die Notiz und fährt zu der Adresse. Frau Dr. Sorur steht an der Klingel, die er betätigt.

»Entschuldigen Sie bitte. Haben Sie ein Taxi bestellt?«

»Ja, einen Moment bitte. Ich komme gleich.«

Nach einigen Minuten steigt eine Frau in das Taxi ein.

»Fahren Sie bitte zum Beautysalon Nas. Wissen Sie, wo das ist?«

»Ja, ich weiß, wo das ist.«

Nach zwei, drei Minuten fragt Frau Doktor: »Wie lange arbeiten Sie schon für dieses Taxiunternehmen?«

»Seit ungefähr eineinhalb Monaten?«

»Und, wie ist es?«

»Es ist ein sehr gutes Taxiunternehmen. Allerdings ist es auch das erste Unternehmen, in dem ich arbeite, aber ich finde es sehr gut.«

»Wie alt sind Sie?«, fragt die Frau Doktor zögernd.

»Achtzehn, Frau Doktor.«

» Sie sind sehr jung. Und sehr höflich. Sie kommen bestimmt vom Land.«

»Ja, Frau Doktor.«

»Was für eine Ausbildung haben Sie?«

»Abitur, Frau Doktor, Abitur«

»Sie haben Abitur und arbeiten für ein Taxiunternehmen? Was für Zeiten wir haben.« Als sie den Beautysalon erreichen, bittet sie Sadegh zu warten.

»Wie Sie wünschen, Frau Doktor.«

Nach einer Stunde kehrt sie aus dem Salon zurück.

»Fahr mich zum Obstbasar! Sag mal, wie heißt du eigentlich?«

»Sadegh, Frau Doktor.«

Es dauert erneut etwa eine Stunde, bis Frau Doktor ihre Einkäufe erledigt hat und wieder ins Taxi steigt.

»Fahren wir in unsere Gegend, in die Diba-Straße.«

»Wie Sie wünschen, Frau Doktor.«

In der Diba-Straße hält er neben einem Haus. Frau Doktor, die ein wenig müde wirkt, geht. Nach ungefähr zwanzig Minuten kehrt sie zurück. An ihrer Stimme erkennt Sadegh, dass sich ihre Laune geändert hat. Sie wirkt sehr fröhlich und erfrischt. »So, Sadegh«, sagt sie. Jetzt fahren wir nach Hause.«

»Ja, Frau Doktor. Wie Sie wünschen!«

In der Nähe ihres Hauses ruft Frau Doktor ihre Hausangestellte an und bittet sie, nach unten zu kommen und ihr dabei zu helfen, die Einkäufe ins Haus zu tragen.

Als sie ankommen, steigt Sadegh aus, um zu helfen. Frau Doktor mustert Sadegh von Kopf bis Fuß und sagt: »An deiner Größe und deiner Figur sieht man, dass du vom Land kommst.«

»Danke für das Kompliment, Frau Doktor«, entgegnet Sadegh und lächelt freundlich.

»Wie viel muss ich dir geben?«

»Achtzehntausend Tuman, bitte.«

Frau Doktor greift in ihre Beutel: »Hier, zwanzigtausend Tuman, weil du ein guter Junge bist.« Sadegh bedankt sich höflich, legt die Einkäufe vor der Haustür ab, verabschiedet sich von Frau Doktor und fährt zum Taxiunternehmen zurück.

Als er dort ankommt, fragt der Chef: »Wo warst du, Sadegh? Du bist seit fast vier Stunden weg. Eine Nachricht, ein Laut, eine Meldung. So geht das aber nicht, dass du für eine Fahrt fünf Stunden brauchst. Jetzt sag mal, wo warst du?«

»Frau Doktor Sorur hatte Einiges zu erledigen. Als Erstes sind wir zu einem Schönheitssalon gefahren, dann zum Einkaufen und dann noch woanders hin und schließlich wieder zu ihr nach Hause. Und ich habe ja kein Handy, womit ich Ihnen hätte Bescheid geben können.«

»Da hast du Recht, Sadegh. Da müssen wir uns etwas überlegen.«

»Was sollen wir uns da überlegen?«

»Kauf dir ein Handy!«

»Woher soll ich denn das Geld nehmen? In den letzten fünf Wochen habe ich etwa sechshunderttausend Tuman verdient. Mit der Provision, die ich dem Taxiunternehmen geben muss und den Ausgaben für Essen und Miete und tausend andere Dinge bleiben mir am Ende des Monats hundertdreißig- bis hundertvierzigtausend Tuman. Davon kann ich mir doch kein Handy leisten.«

»Da hast du zwar Recht, aber es gibt doch jetzt diese Billighandys. Jetzt hat jeder ein Handy. Ich habe ein Gerät, und die SIM-Karte kostet um die zehntausend

Tuman. Ich kaufe sie dir und du kannst sie mir dann monatlich abbezahlen.«

»Mir würde das sehr gelegen kommen.«

»Warum würde dir das sehr gelegen kommen. Nicht, dass du dein Herz auf dem Land gelassen hast und nun so froh darüber wirst.«

»Sie haben Recht. Ich habe mein Herz auf dem Land gelassen. Aber mein Herz hat kein Telefon, dass ich es anrufen könnte.«

»Siehst du, ich habe richtig geraten.«

»Ja, das haben Sie!«

»Sagst du mir jetzt ihren Namen?«

»Ach Quatsch, was bringt ihnen denn der Name?«

»Vielleicht hast du ihr ja die Telefonnummer unseres Taxiunternehmens gegeben. Dann wissen wir wenigstens, wer für Sadegh anruft.«

»Aber es ist nicht nur eine Person.«

»Was, es sind mehrere Personen mit denen Sadegh flirtet? Mein Gott, auf dem Land geht das aber ab, und wir haben keine Ahnung.«

»Ja, es sind mehrere.«

»Herzlichen Glückwunsch, Sadegh. Aber ich mach nur Spaß. Heute ist die Hochzeit meiner Tochter, daher bin ich so gut gelaunt.«

»Herzlichen Glückwunsch, mit viel Gesundheit und allem Guten. Aber lassen Sie mich Ihnen die Namen nennen. Meine Schwester Rona, mein Vater und meine Mutter. Mein Herz ist bei ihnen. Aber ich mache mir nicht so viele Sorgen, denn ich bin mit ihren Herzen nach Teheran gekommen.«

Der Chef steht auf und geht respektvoll auf Sadegh zu und umarmt ihn.

»Mein Junge, mein Bruder«, erwidert er, »möge Gott dir ein langes und erfülltest Leben geben, damit du diese drei Menschen immer gesund und glücklich siehst.«

Sadegh bedankt sich für die netten Worte. Er hat vom ersten Tag an gemerkt, dass sein Chef ein guter Mensch ist. Einige Male hat er gehört, wie er gesagt hat: »Diese jungen Menschen sind sehr gut. Einige denken, nur weil sich die Jugend modern und anders kleidet als früher, sind es schlechte Menschen, aber das ist nicht so. Wenn du dich mit ihnen unterhältst, dann merkst du, wie toll, gelassen und nett sie sind. Wenn sie Arbeit haben, dann bemühen sie sich Tag und Nacht.«

Einmal hat Sadegh zu ihm gesagt: »Aber genau das ist das Problem, die Arbeit. Die Jugend wechselt vom Land in eine Stadt wie Teheran, weil es dort mehr und bessere Arbeit gibt.«

»Ich weiß auch nicht, was die Politiker sich dabei denken«, hatte der Chef geantwortet, »aber ich hoffe, dass unsere Jugend dabei nicht draufgehen wird, denn die Jugend verkommt. Junge, arbeitslose Menschen haben ihre Bedürfnisse – ihre Offenheit und Ehrlichkeit geht dabei verloren und dann kann es passieren, dass sie illegale Dinge tun.«

Es ist ungefähr zehn Uhr morgens, als der Leiter des Taxiunternehmens Sadegh zu sich ruft: »Sadegh, komm! Hier ist ein Handy mit einer SIM-Karte. Fahr schnell zu Frau Sorur. Frau Doktor hat gesagt, Sadegh soll mich fahren.«

Auf dem Weg zu ihr denkt er: Warum soll ausgerechnet ich fahren, es gibt so viele Fahrer, die vor mir an der Reihe sind. Bestimmt, weil sie mich für gut erzogen und anständig hält. Sie hat zwar Recht, aber die anderen sind genauso anständig wie ich. Naja, so einen Unterschied macht das nun auch nicht. Ich will Menschen durch die Gegend fahren, da kann ich auch Frau Doktor fahren. Es ist sogar ganz gut so. Achtzehntausend Tuman war der Fahrpreis und zweitausend Tuman habe ich als Trinkgeld bekommen. Ich wäre verrückt, wenn ich sie nicht fahren würde. Außerdem hat sie an verschiedenen Orten zu tun, und beim Warten kann ich etwas lesen, ein Buch oder eine Zeitung zum Beispiel. Mit diesen Gedanken erreicht er das Haus von Frau Doktor und klingelt.

»Ich bin's, Sadegh, Frau Doktor, vom Taxiunternehmen.«

»Ich komme gleich.«

Als Frau Doktor einsteigt, verbreitet sich ein starker Duft im Wagen. Sadegh ist so starke Düfte nicht gewöhnt. Er schaut in den Rückspiegel, sieht Frau Doktor auf dem Rücksitz und sagt leise zu sich: »Die ist mindestens 50.« Schnell schaut er wieder weg.

»Wie geht's dir heute, Sadegh?«, fragt Frau Doktor plötzlich.

»Gut, danke, Frau Doktor, und Ihnen?«

»Ach, nicht schlecht. Wenn man häufig allein ist, dann hat man nicht so viel Spaß im Leben. Abends bin ich allerdings nicht so oft allein, da kommen entweder meine Freunde oder meine Familie oder ich fahre zu ihnen. Meine zwei Kinder leben im Ausland und der

Herr Doktor, naja, was soll ich da sagen! Mein Sohn ist schon bald 30 und meine Tochter 25.«

Sadegh schweigt.

»Übrigens, wir fahren zum Sportcenter. Du weißt doch, wo das ist, oder?«

»Ja, Frau Doktor!«

Zwei Stunden wartet er am Sportcenter. Die Ghazalen von Hafes und zwei Taschenbücher hat er immer im Auto liegen. Die Taschenbücher liest er und packt sie dann weg, um sie Rona mitzubringen. Dann kauft er neue Taschenbücher, aber die Ghazalen von Hafes sind immer in seinem Auto zu finden.

Als Frau Doktor kommt und einsteigt, sagt sie: »Sadegh, fahre bitte wieder zur Diba-Straße.«

»Jawohl, Frau Doktor!«

»Es geht einem gleich viel besser, wenn man in dieses Sportcenter kommt und eine ordentliche Massage erhält. Hier gibt's eine Frau, die wunderbar massiert. Die knetet einen komplett durch, so dass man es richtig genießt. Als ob man von einem Nudelholz durchgeknetet würde.«

Sadegh hört einfach nur zu. Er wird ein wenig rot, da er es nicht gewöhnt ist, dass eine Frau so mit ihm spricht.

Er kurbelt das Fenster ein wenig runter.

»Was ist, Sadegh? Es kommt mir so vor, als ob du das Massieren nicht magst. Oder weißt du nicht, was ein Nudelholz ist?«

»Doch, Frau Doktor. Ich kenne das Nudelholz, es ist zum Brotbacken. Wenn wir vom Land das nicht kennen, wer dann?«

»Aber von Massagen und so einem Zeug hast du keine Ahnung, oder?«

»Nein, Frau Doktor. Aber ich habe gehört, dass es sehr gesund sein soll. Ich habe in der Zeitung gelesen, dass Sportler vor und nach einem Wettkampf unbedingt massiert werden müssen.«

»Sportler? Ich meine eine richtig gute Massage, die einem ein Glücksgefühl gibt. In Teheran musst du aber noch vieles lernen. Sehr viel. Du musst aus dieser Landnaivität herauskommen. Jetzt warte ab, ich werde dich schon erziehen.« Als sie in der Diba-Straße ankommen, steigt Frau Doktor aus.

Sadegh versinkt in Gedanken. Landnaivität? Warum soll ich meine Naivität aufgeben? Was soll mir das bringen? Naivität, gepaart mit Aufrichtigkeit, Freundlichkeit, Reinheit und Ehrlichkeit – wovon spricht diese Frau? Und warum will sie mich erziehen? Was ist denn falsch an mir? Außerdem, was geht diese Frau meine Naivität an, mein Charakter und mein Privatleben? Selbst wenn etwas an mir nicht in Ordnung ist, was geht es sie an?

Nach ungefähr zwanzig Minuten kommt Frau Doktor zurück.

»Ach! Jetzt geht es mir so richtig, richtig gut, Sadegh. Wenn ich nach Hause komme, gönne ich mir noch einen Drink, und dann bin ich wunschlos glücklich. Was ist mit dir? Trinkst du auch?«

»Trinke ich was?«

»Na, Drinks!«

»Was sind denn Drinks?«

»Ach du meine Güte. Du kommst nicht vom Land, du kommst von einem anderen Planeten, wenn du nicht weißt, was ein Drink ist. Und massiert wurdest du auch noch nie. Meinst du nicht, dass du einige Dinge lernen solltest?« Als sie am Haus von Frau Doktor ankommen, zahlt Frau Doktor den Taxipreis und das Trinkgeld und gibt Sadegh zum Abschied die Hand. »Auf ein baldiges Wiedersehen, Sadegh!« Dann steigt sie aus, blickt noch einmal zurück, zieht aufreizend die Augenbrauen hoch und geht ins Haus.

Es ist also die Zeit, einige Dinge zu lernen, denkt Sadegh. Also Massagen und so ein Zeug, und was ein Drink ist ... so etwas muss ich lernen? Was fehlt mir denn im Leben? Selbst wenn ich noch nie massiert worden bin und auch niemanden massiert habe und das Zeug, das sie Drink nennt, nicht kenne – mir fehlt nichts. Und warum ändert sich der Gemütszustand dieser Frau, wenn sie aus diesem Haus in der Diba-Straße kommt?

Das geht dich gar nichts an, entgegnet seine innere Stimme. Eine Frau um die fünfzig muss sich um sich selbst kümmern, und vielleicht gehören Dinge wie Massagen, Besuche in der Diba-Straße und das Drinkzeug auch dazu. In den Zeitschriften liest man ja auch, dass Jugend mit Massagen und Frohsinn und ... Diese Frau Doktor ist bestimmt auch hinter solchen Dingen her. Finanziell geht es ihr ja gut. Aber wäre es nicht besser, wenn sie, anstatt so viel Geld für Massagen und Drinks auszugeben, den Menschen spenden würde, die nicht wissen, wie sie ihren Magen füllen sollen?«

Es ist 21:30 als er sich völlig erschöpft und müde auf den Heimweg begibt. Als er wenig später in seine Gasse einbiegt, steht plötzlich jemand vor seinem Auto. Sadegh steigt sofort auf die Bremse, aber es ist schon zu spät. Er springt aus dem Auto und sieht, dass ein Mann zwischen 35 und 40 vor seinem Auto liegt. Sadegh überlegt nicht eine Sekunde. Er packt den Mann in sein Auto und fährt ihn ins Krankenhaus um die Ecke. Schnell läuft er in die Notfallstation und erzählt, was geschehen ist. Als die Polizei eintrifft, sitzt er im Warteraum. »Haben Sie den Mann angefahren?«, fragt einer der Polizisten.

»Ich habe ihn nicht angefahren, er ist auf einmal vor mein Auto gesprungen.«

»Ihren Führerschein, bitte!«

Sadegh gibt ihm seinen Führerschein. Der Polizist wendet sich indes an den verantwortlichen Stationsarzt und fragt, wie es dem Mann geht.

»Warten Sie noch ein, zwei Minuten. Der Arzt untersucht ihn gerade, aber es scheint so, als ob ihm nichts passiert sei.«

»Ich werde 10 bis 15 Minuten warten. Wenn er im Krankenhaus stationiert wird, muss ich dich mit auf die Wache nehmen. Ansonsten kann dir der Mann eine schriftliche Bestätigung geben, dass er dir verzeiht oder dass du nicht Schuld an dem Unfall bist, oder du zahlst eine Kaution, dann musst du nicht in U-Haft.« Es vergehen ungefähr zehn Minuten. Der zuständige Arzt und der Mann kommen in den Wartebereich.

Sadegh geht auf den Mann zu und sagt: »Geht es Ihnen gut? Gott sei Dank, dass Ihnen nichts Schlimmes passiert ist. Ich schwöre bei Gott, es war nicht meine Schuld. Sie standen auf einmal vor meinem Wagen. Bei Gott, es war nicht meine Schuld.«

Der Mann trägt Kleidung. Sein Vollbart zeigt die ersten Spuren von grau. Er legt seine Hand auf Sadeghs Schulter und sagt: »Hat denn jemand gesagt, dass es deine Schuld war? Keiner trägt Schuld. Ich war in Gedanken und du warst beschäftigt. Es war ein Unfall. Der hätte jedem passieren können. Es ist ja auch nichts passiert, und wenn überhaupt jemand Schuld hat, dann bin ich das. Basta! Wir brauchen weder die Polizei, noch ein Protokoll und auch sonst nichts. Basta!«

»Heißt das, sie wollen mich verklagen?«

»Verklagen? Weswegen denn? Weil das Leben und das Schicksal mich dazu gebracht haben, in Gedanken zu versinken? Weil ich in Gedanken gegen dein Auto gelaufen bin? Nein mein Junge. Dich verklage ich nicht. Wenn ich jemanden verklagen will, dann das Leben und das Schicksal, nicht dich.«

Der Polizist steht verstört daneben, als ob er es nicht gewohnt ist, einen armen und mittellosen, so sprechen zu hören. »Sind Sie sich sicher, dass sie keine Anzeige erstatten möchten?«, fragt er.

»Ganz sicher, Herr Wachobermeister. Basta!«

»Dann geben Sie mir das bitte schriftlich!«

»Natürlich, Herr Wachobermeister«, entgegnet der Mann und geht zu der Krankenschwester, nimmt sich Stift und Papier und schreibt: »Hiermit bestätige ich, Omid, dass ich heute um ungefähr 22:00 Uhr mit dem Auto von Herrn ...« Er dreht sich zu Sadegh und fragt: »Wie heißt du, junger Mann?«

»Sadegh, Herr! Sadegh, Geburtsjahr ...«

Der Mann unterbricht Sadegh lachend: »Du bist doch nicht beim Standesamt, dass du mir deine ganzen Personalien mitteilen willst«, und schreibt weiter.

»... von Sadegh, einen Unfall verursacht zu haben. Sadegh trägt keinerlei Schuld und ist weder jetzt noch später zur Verantwortung zu ziehen. Diese schriftliche Bestätigung wurde im Beisein der Polizei und der Rettungskräfte verfasst, welche dies mit ihrer Unterschrift bestätigten.« Der Mann unterschreibt das Papier und reicht es dem Polizisten.

Der Polizist wendet sich indes an Sadegh.

»Du hast wirklich Glück gehabt. Dem Mann ist nichts geschehen und er ist ein guter Mann.«

»Gott sei Dank, Herr Oberwachtmeister, Gott sei Dank. Was muss ich jetzt tun?«

»Nichts, geh und danke Gott erneut.«

Sadegh bedankt sich erneut, umarmt den Mann und küsst sein Gesicht. Er will ihm seine Handynummer geben, als der Mann sagt: »Das ist nicht nötig, junger Mann. Geh, Gott sei mit dir.« Dann wendet er sich ab und will gehen. An der Krankenhaustür wendet sich Sadegh ihm erneut zu und sagt: »Bitte erlauben Sie, dass ich Sie nach Hause fahre.«

»Nach Hause?«

»Ja, zu Ihnen nach Hause.«

»Welches Zuhause?«

»Ich weiß nicht, das müssen Sie mir sagen.«

»Ich weiß es auch nicht.«

»Wie? Sie haben doch ein Zuhause, eine Wohnung, oder zumindest ein Zimmer, in dem Sie schlafen.«

»Was hast du?«

»Ein Zimmer, hier in der Nähe.«

»Gut, dann fahr zu deinem Zimmer.«

»Und Sie?«

»Ich habe meinen eigenen Platz. Basta!«

»Gut, dann lassen Sie mich Sie fahren. Wenn Sie wollen, können Sie auch bei mir übernachten.«

»Nein, junger Mann. Ich schlafe seit einigen Jahren unter freiem Himmel, daran habe ich mich gewöhnt. Das heißt, ich wurde gezwungen, mich daran zu gewöhnen. Ich wurde von denen, die hier auf der Straße lang gehen, nicht von allen, aber von einigen dazu gezwungen. Geh, junger Mann! Geh mit Gott!«

»Aber so geht das doch nicht. Ich habe mit Ihnen einen Unfall gehabt und jetzt soll ich Sie einfach so gehen lassen.«

»Was wird denn so Schlimmes passieren, wenn du mich einfach so gehen lässt?«

»Sie sind so gut. Sie sind so gut und freundlich zu mir. Nein, ich lasse sie nicht einfach so gehen. Ich muss Sie fahren. Egal, wohin Sie fahren möchten, ich werde Sie zu diesem freien Himmel fahren, unter welchem Sie leben. Es ist vollkommen egal, wo das ist. Wissen Sie, ich möchte es einfach so, ich will heute Abend mit ruhigem Gewissen schlafen können. Ich will mir sicher sein, dass ich einen so netten und freundlichen Mann nicht einfach habe gehen lassen und nach Hause gefahren bin.«

Omid versinkt in Gedanken. Als ob er sich selbst in Sadegh gesehen hätte.

»Also, wenn du es unbedingt so willst, dann lass uns fahren. Basta!«

Als sie ins Auto steigen, sagt Omid: »Fahr in Richtung des Friedhofs! Weißt du, wo das ist?«

»Natürlich. Ich bin vom Land und wohne seit ungefähr eineinhalb Monaten in Teheran und arbeite bei einem Taxiunternehmen.«

»Gibt es auf dem Land etwa keine Arbeit?«

»Doch, aber nicht so wie hier und nicht mit diesem Verdienst. Ich will einige Jahre hier arbeiten und sparen und dann wieder zurück zu meinem Vater, meiner Mutter und zu Rona.«

»Ist Rona deine Verlobte?«

»Nein, sie ist viel mehr.«

»Also deine Ehefrau?«

»Nein, viel mehr.«

»Sag mal, willst du mich verarschen?«

»Was heißt verarschen?«

Omid lacht und sagt nichts.

»Sie ist meine Schwester, Omid, meine Schwester, meine liebe Schwester, meine kleine Schwester.« Tränenüberströmt schweigt er.

Nach dem Friedhof, am Ende der Stadt, biegen sie in eine große Straße und dann in einige kleine Straßen.

»Halt hier an, junger Mann! Ich steige hier aus, ich bin angekommen.«

»Wo sind wir angekommen? Hier ist doch nichts.«

»Willst du wissen, wo ich wohne, oder wolltest du mich fahren?«

»Beides.«

»Warum beides?«

»Damit ich Sie ab und zu besuchen kann.«

Omid fängt zu lachen an.

»Mich besuchen. Was soll das bringen?«

»Man besucht einander doch, das muss einem doch nicht immer etwas bringen.«

»Nein, es muss einem nicht immer etwas bringen, aber man muss einen Platz haben, damit die Menschen einen besuchen können.«

»In Ordnung, egal wo sie wohnen, Sie leben im Schatten Gottes, bei Gott. So freundlich, wie Sie sind, wird Gott immer bei Ihnen sein. Wissen Sie was, ich will Sie einfach besuchen, um den Duft Gottes zu riechen.«

»Wow! Ein junger Mensch vom Land, und so freundlich. Von wem hast du das gelernt? In Ordnung, los komm, dann zeig ich dir meinen Palast mit den Angestellten, die Tag und Nacht für mich arbeiten.«

Sie gehen eine Weile und erreichen eine Brücke, als Omid zu Sadegh sagt: »Herzlich willkommen im Pappkarton-Schloss von Omid und seinen Freunden. Die Musiker sollen spielen.« Von der Brücke dringt die Melodie einer Flöte zu ihnen herüber. Sie gehen gemeinsam unter die Brücke und begegnen vier Personen. Als sie Omid sehen, machen sie ihm Platz – so, als ob sie Respekt vor ihm hätten, und die Flöte hört auf zu spielen. Einer von ihnen beginnt zu singen:

Mein Herz ist betrübt
von diesem Schicksal, o Freund
von diesem Schicksal
und von diesen Menschen, o Freund.
Keiner sah die Wüste der Trennungsnacht,

wo ist die Quelle der Liebe, o Freund,
das schmerzende Schicksal
erfüllte nicht meinen Wunsch,
und ich sitze mitten in Leid und Elend, o Freund.

Sadegh setzt sich auf eine alte Decke neben Omid, der ihm einen Tee einschenkt und sagt: »Zu uns sagen sie Pappenschläfer. Wir aber wollten keine Pappenschläfer werden. Jeder von uns hat ein anderes Schicksal erlitten, weswegen er hier gelandet ist.« Dann stellt er seine drei Freunde vor:

»Nawid, Ali, Farid«!

»Das ist Sadegh. Er hat eine Arbeit und ein Leben. Er ist vom Land nach Teheran gekommen, um hier zu arbeiten, und wenn er genug Geld gesammelt hat, zu Vater, Mutter und seiner Schwester Rona zurückzukehren. Er arbeitet bei einem Taxiunternehmen. Und abends, nach der Arbeit, fährt er einen Fußgänger an und bringt ihn dann nach Hause – so, wie mich. Er sucht nach dem Duft Gottes. Und auch wenn ich ihm immer wieder gesagt habe, dass er mich nicht fahren braucht, er hat nicht eingelenkt.« Omid hat den Unfallhergang ganz einfach mit ironischem Ton geschildert, und alle haben verstanden, was geschehen ist.

»Omid war im Krankenhaus so ehrlich und freundlich, dass ich mich nicht einfach so von ihm trennen konnte«, sagt Sadegh. »Ich komme vom Land und kenne mich mit Unehrlichkeit nicht sonderlich aus, aber mit wem ich auch im Taxiunternehmen rede, alle erzählen von Unehrlichkeit und Untreue, und davon, dass die heutige

Zeit und die jetzigen Umstände sie dazu gebracht haben. Als ob alle sich gegenseitig vernichten wollen.«

»Ach Quatsch, so schlimm ist es auch nicht.«

Omids Ton wird ernst.

»Damit meine ich, dass es nicht nur so ist. Erstens wollen sie dir nichts tun, sie sind nur hinter deinem Geld her. Außerdem, lieber Sadegh, das hat weder etwas mit der heutigen Zeit noch mit den jetzigen Umständen zu tun. Die Menschen sind schuld. Sie betrügen einander. Ja, lieber Sadegh, das Schlechte kommt von den Menschen. Doch diese schieben es auf die Zeit und die Umstände. Schlimmer noch, sie schieben es auf Gott und dass es wohl sein Wille sei. Sie tun so, als ob sie wüssten, was der Wille Gottes ist. Das Lügen, Betrügen, Stehlen und Hintergehen, und noch tausend andere schlechte Dinge, stellen sie als den Willen Gottes dar und schämen sich noch nicht einmal dafür. Es sind so schlimme Dinge, dass man sich dafür schämt, sie auszusprechen. Und du, Sadegh, du hast noch ein Gewissen, du bist offen, ehrlich und naiv, du musst wirklich auf dich aufpassen. Achte auf die Menschen, die sich über die heutige Zeit und die Umstände beschweren. Achte darauf, denn manchmal werden diese Menschen wie die Dinge, über die sie sich beschweren. Basta!«

Sadegh trinkt seinen Tee aus. Er sagt nichts. Er ist sehr müde. Er küsst Omid und verabschiedet sich von den anderen drei Männern.

»Lang sollen sie leben, Omid. Ich bin wirklich froh über die Bekanntschaft mit ihnen.«

»Geh Sadegh. Ich hoffe du hast ein gutes Leben.«

»Herzlichen Dank. Ich werde sie auf jeden Fall besuchen kommen.«

»Dein Besuch ist den Pappenschläfern immer eine Ehre.«

Am nächsten Tag erzählt Sadegh dem Leiter des Taxiunternehmens vom Unfall des letzten Abends. Er erzählt allerdings nicht, dass er Omid nach Hause gefahren hat.

»Krass, was es für Menschen gibt! In der heutigen Zeit, wo jeder versucht, etwas vom anderen zu bekommen, muss man Menschen wie Omid die Hände küssen. Es ist ein wahrhaft ehrenwerter Mann. Vor allem wenn du sagst, er hätte kein sehr wohlhabendes Äußeres gehabt.«

»Ja, er war ein wahrhaft ehrenwerter Mann. Es kam mir so vor, als ob sein Gesicht Ehrenhaftigkeit und Tugend ausdrücken würde. Und wie er gesprochen hat, es war, als ob seine Worte voll von Menschlichkeit wären. Es war so, als ob alles Gute in diesem Menschen vereint wäre. Es war so, als ob er in einer anderen Welt leben würde. Er hat auch ein großes Allgemeinwissen, das habe ich bemerkt, als er mir die schriftliche Bestätigung gab, dass ich an dem Unfall nicht schuld bin. Er schrieb wie ein Anwalt.«

»Nicht, dass du zu schnell warst, Sadegh.«

»Ach! In der Kurve unserer Gasse kann man gar nicht schneller fahren als 20 km/h. Außerdem wissen sie doch, wie vorsichtig ich immer fahre.«

»Auf jeden Fall hattest du viel Glück, an einen so anständigen Mann geraten zu sein.«

»Der ist sogar anständiger als anständig.«

Es ist so gegen zwei Uhr nachmittags, als der Leiter des Taxiunternehmens Sadegh ruft: »Sei um drei bei Frau Doktor, Sadegh!«

»Jawohl.« Sadegh beschleicht ein ungutes Gefühl. Er ist nervös, und es wäre ihm am liebsten, wenn jemand anderes hinfahren würde.

»Können sie nicht jemand anderen dorthin schicken?«, fragt er schließlich nach einigem Zögern. Dann fällt ihm aber ein, dass es ihn gar nichts angeht. Er muss einfach nur seine Arbeit machen. Lass sie doch einfach über Massagen und andere Dinge, von denen du nichts verstehst, reden.

Pünktlich um drei steht er vor der Haustür von Frau Doktor.

Frau Doktor steigt in das Auto ein.

»Guten Tag, Frau Doktor«, begrüßt Sadegh sie höflich.

»Guten Tag, Sadegh. Wie geht es? Fahr zuerst in die Diba-Straße, damit ich eine ordentliche Massage bekomme, und es mir dann besser geht.«

»Danke Frau Doktor. Mir geht es gut. Ich hoffe Ihnen auch.«

»Ach Quatsch. Gut? Wie kann es einem denn gut gehen? Ich drehe langsam vor Einsamkeit durch.«

»Aber Herr Doktor ist doch da. Warum fahren Sie nicht gemeinsam die Kinder besuchen?« Sadegh sagt das so, als ob er sich wünschte, dass Frau Doktor für eine Weile verreisen würde.

»Herr Doktor? Der kümmert sich nur um seine Arbeit und um sein Freizeitvergnügen. Der kümmert sich doch nicht um mich. Manchmal kommt er sogar abends nicht nach Hause, und ich weiß nicht, wo er ist. Das ist jetzt seit zehn, zwölf Jahren schon so. Und ich habe es seit Langem aufgegeben herauszufinden, was er tut. Das habe ich ihm auch gesagt. Er kann tun, was immer er tun möchte. Er kann kommen und gehen, wann immer er will, ich mach das genauso. Langsam sieht es so aus, als ob wir uns bald scheiden lassen. Je früher, desto besser.«

Sadegh ist geschockt, dass Frau Doktor ihm ihr Leben so detailliert erzählt. Das geht doch einen Taxifahrer nichts an. Vor allem, wenn der Fahrer ein achtzehnjähriger Mann vom Lande ist. Und obwohl er sich von ihr angewidert fühlt, sagt er: »So Gott will, wird es zu keiner Scheidung kommen und Sie und Herr Doktor werden 100 Jahre lang ein gemeinsames Leben führen.«

»Nein, lieber Sadegh. So ein Leben führt zu nichts.«

Sadegh ist nun komplett irritiert. Was heißt denn hier, *lieber Sadegh*? Bislang hatten ihn nur seine Eltern und Rona so genannt. Und manchmal auch seine Freunde und die ganz nahe Familie. Doch er kann sich nicht darüber aufregen und sagen: *Frau Doktor, was soll das?* Auch eine andere Reaktion wäre nicht angebracht. Also stellt er sich dumm – so, als ob sie ihn nicht gemeint hätte.

»Aber sie beide haben schließlich Kinder zusammen, haben ein Leben lang zusammengelebt und sind nicht mehr die Jüngsten. Das Wichtigste ist, dass sie an die beiden denken.«

Sadeghs Handy klingelt.

»Entschuldigen Sie bitte, Frau Doktor.«

»Bitteschön mein Liebling, geh ruhig dran.«

»Ja, bitte?«

» ...«

»Ja, ich bin es.«

» ...«

»Sie haben vom Land angerufen?«

» ...«

»Herzlichen Dank. Ich werde sie zurückrufen, wenn ich wieder im Unternehmen bin.« Da beugt sich Frau Doktor zu Sadegh und sagt: »Gib mir mal deine Handynummer! – Im Übrigen, was heißt hier, *sie sind nicht mehr die Jüngsten*? Es ist zwar richtig, dass ich vierzig bin, aber ich fühle mich nicht, wie eine Vierzigjährige. Jetzt mal im Ernst, seh ich aus, als ob ich vierzig wäre?«

Sadegh guckt sich das erste Mal Frau Doktor genau im Spiegel an und denkt: *Jemand der einen dreißigjährigen Sohn hat, kann doch nicht vierzig sein.* »Sie wirken sehr jung und frisch«, entgegnet er. »Und, so Gott will, bleiben Sie noch 120 Jahre gesund.«

»120 Jahre. Hoffentlich nicht. So 20, 30 Jahre noch ein gutes Leben führen, das reicht vollkommen.«

Er wartet erneut etwa zwanzig Minuten in der Diba-Straße. Als Frau Doktor rauskommt ist sie noch glücklicher und besser drauf als sonst.

»Du kannst dir nicht vorstellen, wie gut das tut, lieber Sadegh. Du musst einmal mit mir kommen, um zu sehen, was das wahre Leben ist. Fahren wir zum Obstbazar!« Sadegh erwidert nichts. Er kann sich einfach nicht vorstellen, was in diesem kleinen Haus in der Diba-Straße geschieht, dass Frau Doktor immer so anders ist, nachdem sie dort war. Als ob man sie aufgedreht hätte. Egal, wie oft er darüber nachdenkt, er kann es sich einfach nicht vorstellen.

»Was ist passiert? Du antwortest nicht. Kommst du einmal mit dorthin, damit du verstehst, was ich meine? Damit du begreifst, was das für ein Gefühl ist, sich von der Welt zu lösen. Damit du begreifst, dass man auch Mensch sein kann. Dass man fliegen kann. Dass es sein kann, dass man auf der Erde ist, aber gleichzeitig auch in den Wolken. Möchtest du auch mal ein solches Gefühl haben?«

»Nein, Frau Doktor. Wenn ich auf dieser Erde mein Leben lebe und meine Arbeit erledigen kann, dann reicht mir das schon. Ich möchte es gar nicht, umherzuschweben und vor allem nicht in den Wolken zu fliegen. Außerdem versteh ich gar nicht, was sie mit solchen Worten meinen. Menschen haben eine Arbeit und ein Leben, haben Hobbys, haben ein Freizeitvergnügen, Verantwortung, eine Ehefrau, einen Ehemann, haben ein Kind, einen Fahrgast und einen Chef. Jeder dieser Menschen hat einen gewissen Platz im Leben, und dieser Platz muss gewahrt bleiben.«

»Bist du heute unter die Philosophen gegangen, Sadegh? Übrigens weißt du, dass ich dich sehr mag. Du weißt, was du denkst, und sagst es auch. Es passt gar nicht zu dir, ein Taxifahrer zu sein. Aber du bist sehr naiv. Du denkst, das Leben besteht aus diesen einfachen Dingen, die du auf dem Land gelernt hast. Quatsch, das Leben ist eine Gelegenheit. Wenn du sie findest, lass sie nie wieder los, sonst lässt sie dich los. Wenn du mit den Menschen, die dir eine Gelegenheit geben, nicht gut umgehst, dann lassen sie dich fallen und zerstören dich. Und diese Gelegenheiten legt dir das Schicksal vor die Füße. Guck dir dein Leben an. Sieh dir an, was wichtig für dich ist. Geld? Ein einfaches Leben? Zufriedenheit? Ein Haus? Ein Auto? Ein Urlaub? Ein gut gefülltes Bankkonto im In- und Ausland? Was von alledem? Einiges davon oder alles davon? Weißt du, wie du an all das gelangst? Weißt du das? Antworte mir!«

Sadegh fühlte sich gar nicht wohl. Was sollten diese Worte? Alles davon hat eine Antwort, nicht nur die letzte Frage von Frau Doktor.

»Nein, Frau Doktor, ich weiß es nicht, und ich denke auch nicht darüber nach, denn ...«

»... denn es gibt keine Antwort darauf?«, fragt Frau Doktor entrüstet. »Genau das ist das Problem, dass du nicht darüber nachdenkst. Nein, lieber Sadegh. Wenn du zu diesen Dingen gelangen willst, musst du dir Gedanken darüber machen und den Weg dorthin finden. Der Weg dorthin, Sadegh ... der Weg, lieber Sadegh, der führt nicht als Taxifahrer dorthin.«

»Wo führt der Weg denn dann hin, Frau Doktor? Über das Taxiunternehmen oder doch nicht? Man muss doch arbeiten, bis man zur Zufriedenheit und zum Glück gelangt.«

»Man muss arbeiten. Man muss arbeiten.«

»Ich habe ja nicht allzu viel Ahnung von dem, worüber Sie reden. Aber für mich war die Arbeit in dem Taxiunternehmen bislang die beste Möglichkeit, Geld zu verdienen. Gott möge den Leiter des Taxiunternehmens immer dafür schützen, dass er mich und die Jugend so mag. Wirklich Frau Doktor, er ist ein anständiger Mann. Er denkt ständig darüber nach, wie man einem jungen Menschen helfen und unter die Arme greifen kann, um aus ihm einen Mann zu machen. Er ist zweiundfünfzig Jahre alt und noch so fit wie ein Dreißigjähriger.«

»Denk ein wenig nach, mein lieber Sadegh, was du sagst. Er ist zweiundfünfzig Jahre alt und noch so fit wie ein Dreißigjähriger. Er will jungen Menschen helfen. Er mag junge Menschen. Hast du diesen Eindruck von ihm bekommen? Wie? Hast du einmal darüber nachgedacht. Warum denkst du nicht ein wenig mehr über deine Umgebung nach?«

Sie kommen am Obstbazar an.

Frau Doktor steigt aus und kommt nach etwa einer Dreiviertelstunde mit dem Gehilfen eines Geschäftes zurück. Der Kofferraum des Wagens ist voll geworden. Frau Doktor sagt nichts mehr. Sie schaut Sadegh die ganze Zeit durch den Spiegel an. Sadegh ist nassgeschwitzt. Die Blicke von Frau Doktor sind irgendwie seltsam. Bislang hatte noch nie eine Frau, noch nicht einmal ein Mann, so in Sadeghs Augen geblickt. Er kann sich kaum noch kontrollieren. Er versucht, nicht in den Rückspiegel zu schauen, aber es geht nicht. Er muss auf das Fahren achten. Er schaut in den Rückspiegel, um nach Links abzubiegen, und sieht dabei, dass Frau Doktor ein ungewöhnliches Lächeln auf ihren Lippen hat. Sadegh merkt nicht, was geschieht, und bevor er bremsen kann, fährt er gegen ein vor ihm stehendes Auto.

Sadegh steigt aus.

Der andere Fahrer ebenso.

»Siehst du nicht, was vor dir steht, junger Mann?«

»Entschuldigen Sie, mein Herr. Ich bin auf einmal mit meinen Gedanken woanders gewesen.«

»Ich war mit meinen Gedanken woanders. So einfach nimmst du das?«

»Es ist ja nicht allzu viel passiert. Ich zahle Ihnen den Schaden.«

»Es ist nichts passiert? Meine Stoßstange ist total verbeult, und du sagst, es ist nichts passiert? Du bist aber gut drauf. Man sieht dir schon an, dass du für ein Taxiunternehmen fährst. Dein Fahrstil passt auch dazu. Die Reparatur kostet mindestens 700.000 bis 800.000 Tuman.«

»700.000 bis 800.000 Tuman«, stöhnt Sadegh.

»Jawohl, 700.000 bis 800.000 Tuman.«

Frau Doktor steigt aus dem Auto. Sie wendet sich an den Fahrer und fragt nach den Kosten der Reparatur.

»Ich bitte Sie. Ich bin Resa. Ich freue mich, Sie kennenzulernen. Es ist nicht so wichtig, ist nicht so viel. So ein Unfall kommt halt vor.«

»Ja, so ein Unfall kommt halt vor. Und wie viel kostet Ihre Reparatur?«

»Das ist nicht so wichtig, meine Dame. Geben Sie mir Ihre Adresse oder Ihre Telefonnummer und ich werde Ihnen die Rechnung selber vorbei bringen. Solche Unfälle geschehen, damit man mit so anmutigen und wunderschönen Frauen wie Ihnen bekannt wird.«

Sadegh ist schockiert. Erst spricht er von 700.000 bis 800.000 Tuman Schaden und dann ... Was soll das?

»Frau Doktor, bitte steigen Sie ins Auto. Ich werde die Rechnung mit diesem Mann begleichen.«

Frau Doktor sieht Sadegh an.

»Nein, mein Liebling, das ist nicht nötig.«

»Aber dieser Herr denkt, er müsste sich ein neues Auto kaufen. 800.000 Tuman, was denkt der sich denn?«

»Bitte misch dich nicht ein, Sadegh«, entgegnet sie, greift in ihre Beutel und holt acht 100.000-Tuman-Noten heraus.

»Bitteschön der Herr. Hier haben Sie die Kosten für Ihre Reparatur. – Lass uns gehen, Sadegh!« Frau Doktor steigt ins Auto, während sich der Fahrer zu Sadegh beugt und flüstert: »Eine bessere Gelegenheit wird dir im Leben nicht geboten, junger Mann. Lerne deinen Wert schätzen und nutze diese gute Gelegenheit so gut es geht.« Sadegh betrachtet seinen Wagen. Die Stoßstange ist verbeult, die Kühlerhaube und der Motor dagegen sind unbeschädigt. Er steigt ins Auto, und die Worte von Frau Doktor klingen noch immer in seinen Ohren: »Nein mein Liebling, das ist nicht nötig, mein lieber Sadegh.«

Frau Doktor starrt wieder die ganze Zeit durch den Spiegel in Sadeghs Gesicht. Sie lächelt und sagt zu ihm: »Der Typ redet ohne Grund. Mein Gott, du hast einen Unfall gehabt, nimm dein Geld und geh. Da muss man doch nicht von der hübschen Frau reden, und ich will sie treffen und überhaupt. Außerdem sah er noch nicht mal gut aus, damit es sich irgendwie lohnt.« Sie rutscht im Auto hin und her und bringt ihren Kopf ein wenig näher an seinen. »Aber eins war gut. Er hat auf meine Schönheit geachtet. Du merkst ja noch nicht einmal, dass eine Frau mit dir redet. Du bist wie ein Stein. Wach mal auf, mein lieber Sadegh! Achte ein wenig mehr auf mich – so, wie der Idiot eben, damit du auch etwas von mir hast. Du wirkst wie ein Eisberg, der hinterm Lenkrad sitzt, und wenn ich ein wenig intimer mit dir werde, dann rammst du gleich das nächste Auto. Das Geld, das ich gezahlt habe, ist mir total egal, aber es wäre schön, wenn dein Kopf durch den Unfall ein wenig herumgeschleudert worden wäre, so dass du merkst, was um dich herum geschieht.«

»Frau Doktor, sie hätten nicht alles, was er gesagt hat, einfach so akzeptieren müssen. Warum haben sie ihm so viel Geld gegeben? Er hätte sein Auto reparieren, mir die Rechnung bringen und sein Geld erhalten können.«

»Oh, mein Gott, merkst du, dass ich über etwas vollkommen anderes rede, als du?« Es war ungefähr halb sechs, als sie vor dem Haus von Frau Doktor ankamen. »Mein lieber Sadegh, heute musst du mir helfen, die Einkäufe hoch zu bringen. Rahim hat heute frei und sonst ist auch niemand zuhause.«

Sadegh steigt also aus, bringt die Einkäufe erst in den Vorgarten, dann schließt er sein Auto ab und trägt sie in die Küche. Vier Mal muss er laufen, bis Frau Doktor ihn in der Küche mahnt: »Nicht müde werden, du Held. Dein Körper wirkt wirklich wie der eines Helden. Setz dich, damit ich dir einen Saft geben kann! – Heute habe ich dich sehr ermüdet. Und der Unfall hat dich auch sehr mitgenommen. Aber vergiss es einfach. Wenn man jemanden mag, dann ist es einem egal, wenn man so viel Geld für ihn ausgibt. Stell dir vor, wir beide sind ganz allein in diesem großen Haus. Es ist ja auch das erste Mal, dass du ins Haus gekommen bist. Daher muss ich dich richtig gut bewirten. Aber du musst dich auch wie ein Erwachsener benehmen. Sei ein richtiger Mann, zeig mir, dass du nicht mehr der naive Junge vom Land bist.«

Sie stellt den Saft auf den Küchentisch, schaut auf Sadegh und sagt: »Verstehst du, dass du ein Mann geworden bist, lieber Sadegh? Wenn du es noch nicht geworden bist, dann werd es jetzt!«

»Entschuldigen sie, Frau Doktor, aber Sie reden auf eine Art, die ich nicht gewohnt bin, und die ich von ihnen auch nicht erwartet habe.«

»Wie rede ich denn, lieber Sadegh? Wie kann es denn sein, dass der Leiter des Taxiunternehmens junge Menschen mag, dass er sich um ihr Wohlergehen und Glück kümmert, und ich darf das nicht? Hat Frau Doktor denn kein Herz, dass sie junge Menschen mögen darf?«

Sadegh wird langsam wahnsinnig. Merkt diese Frau denn nicht, was sie von sich gibt? Und das in diesem Alter. Mit einem Mann und zwei Kindern. Und die redet davon, einen fremden Mann zu mögen. Das geht doch nicht.

»Je mehr du darüber nachdenkst, desto schlimmer wird es. Schau mal, Sadegh, lass mich dir etwas sagen. Wenn die Frau Doktor etwas will, dann ist es egal, was es ist, sie bekommt es. Und nichts und niemand kann sie davon abhalten. Also sei klug und stell dich nicht gegen die Wünsche von Frau Doktor. Sei klug! Verstehst du?«
Frau Doktor will sich gerade neben Sadegh setzen, als sein Handy klingelt.

»Ja, bitte? ... Ich bin es selbst.«

» ...«

»Ist etwas passiert?«

» ...«

»Ich komme sofort.«

» ...«

»Nein, ich bin hier fertig. Bitte sagen Sie meinem Vater, er soll in der Telefonzentrale bleiben, ich rufe ihn an.«

» ...«

»Nein, ich beeil mich nicht. Ich komme jetzt. Machen Sie sich keine Sorgen.«

Sadegh steht auf. »Wenn Sie erlauben, dann werde ich jetzt gehen«, sagt er. Mein Vater hat angerufen. Er hat gesagt, ich soll so schnell wie möglich zurückrufen.«

Frau Doktor bleibt stumm und nachdenklich. Erst als Sadegh aus dem Haus treten möchte, ruft sie ihn. »Sadegh, das ist die Telefonnummer von hier. Das ist meine private Leitung. Ruf mich auf jeden Fall an!«

Als Sadegh die Notiz nimmt, hört er, wie sie leise sagt: »Komm schnell wieder, Sadegh!« So sehr Sadegh auch versucht, die Telefonzentrale anzurufen, wo sein Vater wartet, es klappt nicht. Der Chef des Taxiunternehmens sagt: »Er war sehr besorgt und unruhig. Er ging die ganze Zeit umher.«

»Nicht, dass etwas passiert ist.«

»Das ist doch kein Problem, lieber Sadegh«, entgegnet der Chef. »Fahr gleich los. Du hast doch ein Auto. Acht bis neun Stunden dauert die Fahrt, wenn du jetzt losfährst, bis du morgen früh dort. Schau, was passiert ist. Ruf mich von dort aus an! Und wenn nichts passiert ist, so Gott will, dann fährst du einfach wieder zurück.«

Sadegh verliert keine Zeit. Er fährt zu seinem Zimmer, nimmt seine Sachen und sein Erspartes und fährt gleich los. Es ist zehn Uhr abends.

Auf dem Weg ist er die ganze Zeit in Gedanken. Ist etwas passiert? Meine Mutter? Rona? Mein Vater? Die Verwandten? Meine Freunde? Dann fällt ihm Frau Doktor ein. Sadegh hatte noch nie in seinem Leben so nah mit einem Mädchen oder mit einer Frau gesprochen. Er hatte zwar in seiner Familie mit seinen Cousinen gesprochen, aber die Gespräche waren genauso wie mit seinen Cousins verlaufen. Aber Frau Doktor spricht ganz anders. Auf eine Art und Weise, dass man rot wird, dass einem erst ganz kalt und dann ganz heiß wird. Leise flüstert er: »So spricht keine sittliche, anständige Frau. Es wäre gut, wenn ihr das jemand sagen und sie wieder auf den rechten Weg zurückbringen würde. Wenn jemand ihr den Glauben wieder zurückgeben, ihre Sünden vor Augen führen und ihr begreiflich machen würde, wofür sie ihr Leben aufs Spiel setzt – wie wichtig Anstand, Sittlichkeit und Moral sind.«

Dann zögert er kurz.

»Gott weiß, wie viele Sünden sie bislang begangen hat. Gott möge ihr vergeben, aber warum tut sie das? Sie hat ein gutes Leben, einen Mann, Kinder, Geld, auch wenn ihr Mann einen falschen Weg eingeschlagen hat, warum sie? Ich sag nicht, dass er Recht hat, so zu sein. Aber wenn er etwas Falsches tut, warum tut sie das dann auch? Und dann die Drohung. Ich muss verstehen, was sie will ... ansonsten was? Was geschieht dann? Will sie mich bestrafen, wenn ich anständig bleibe?«

Dann beruhigt er sich.

»Sie hat bestimmt nicht mich gemeint. Sie meint es gewiss nur gut mit mir. Ich glaube, wenn ich ein wenig mit ihr rede, kann ich sie auf den richtigen Weg führen.

Und wenn nicht? Wenn nicht, auch gut. Ich habe die Pflicht, ehrlich und sittlich zu sein.«

Ihm fallen die Worte seines Vaters ein.

Sei wie dein Name: ehrlich. Geh mit erhobenem Kopf und kehre mit erhobenem Kopf zurück.

Auf dem Weg klingelt das Telefon einige Male, aber er geht nicht dran. Jedes Mal wird die Nummer, die Frau Doktor ihm gegeben hat, angezeigt. Es ist 6:50 Uhr als Sadegh bei seinen Eltern ankommt. Seine Mutter macht ihm die Tür auf.

»Mein Schatz, Sadegh! Bist du das wirklich?«

Gleich darauf beginnt sie zu weinen.

»Was ist passiert, Mutter? Warum weinst du?«

Er eilt hinein. Sein Vater sitzt neben Rona und macht ihr Wadenwickel.

»Was ist passiert, Vater?«

»Das Kind hat seit drei Tagen Fieber mit Durchfall und Erbrechen. Wir haben sie zum Arzt gebracht, aber das bringt nichts. Deine Mutter weint die ganze Zeit und betet. Ich hab dich angerufen, damit du zu uns kommst und uns eine Stütze bist. Wenn du da bist, können wir es schaffen. Du bringst uns Wärme und Freude ins Haus. Deine Mutter wirkt dann viel stärker.« Sadegh setzt sich. Er umarmt seinen Vater. Die Mutter setzt sich dazu und weint. Nach einer Weile steht Sadegh auf und sagt energisch: »Weinen und untätig sein, das bringt nichts. Stattdessen müssen wir etwas tun. Wir bringen sie einfach zu einem anderen Arzt oder in ein anderes Krankenhaus.«

Dann sagt er gefühlvoll zu seiner Mutter: »Steht auf, Mutter! Steht auf und packt alles zusammen, was ihr braucht, wir fahren nach Teheran.«

»Wohin sollen wir fahren?«

»Nach Teheran, Mutter.«

»Wohin in Teheran?«

»Wohin? Ins Krankenhaus.«

»A ... Ab ... Aber ein Krankenhaus kostet Geld ... viel Geld. Sehr viel.«

»Egal, lasst das meine Sorge sein.«

»Und dein Vater?«

»Liebe Mutter. Vater ist doch kein Kind. Er hat sie doch erzogen. Machen Sie sich doch bitte keine Sorgen um Vater. Sie reden so, als ob sie ein Baby alleine lassen wollen.«

Sadeghs Eltern blicken einander an. Bislang ist es noch nie vorgekommen, dass die Mutter irgendwohin geht und der Vater zuhause bleibt.

Sie fahren los. Obwohl Sadegh die ganze Nacht nicht geschlafen hat, spürt er keine Müdigkeit. Rona liegt auf dem Rücksitz und hat gar nicht gemerkt, wie man sie ins Auto gebracht hat. Es ist ungefähr zehn Uhr, als erneut Sadeghs Handy klingelt.

»Ja bitte.«

»Guten Tag, lieber Sadegh.«

»Guten Tag, Frau Doktor.«

»Warum bist du gestern Abend nicht ans Telefon gegangen? Ich hab dich zehn Mal angerufen, um zu fragen, wie es dir geht. Meinst du nicht, dass man sich Sorgen macht?«

»Ich bitte sie, Frau Doktor. Sie sind zu gütig. Ich hatte es eilig, anzukommen. Daher bin ich nicht mehr dran gegangen.«

»Wann kommst du zurück?«

»Ich bin schon auf dem Weg zurück.«

»Ach, super. Das ist toll. Ich bin froh, dass du nicht lange geblieben bist.«

»Ich bitte sie, Frau Doktor.«

»Jetzt sag mal, was ist denn passiert?«

»Meine Schwester Rona ist schwer erkrankt.«

»Jetzt kehr du zurück, deine Eltern werden sich schon um sie kümmern. Wann kommst du in Teheran an und gehst wieder an die Arbeit?«

»Ich weiß nicht, wann ich wieder zur Arbeit gehe. Ich habe noch etwas zu erledigen.«

»Was heißt das? Gehst du nie wieder zur Arbeit?«

»Doch, Frau ...«

»Jetzt lass doch das Frau Doktor, Frau Doktor, Sadegh. Mein Name ist Shadi. Sag anstatt Frau Doktor, Shadi. So Gott will, werde ich dann in einigen Tagen die liebe Shadi, ok?«

»Ich bitte Sie, Frau Doktor.«

»Ach du meine Güte, du lernst es nicht, oder? Jetzt sag mal, warum willst du nicht arbeiten gehen?« Sadegh weigert sich plötzlich im Innern, »Frau Doktor« zu sagen und antwortet: »Ich geh schon zur Arbeit. Wir bringen nur gerade Rona ins Krankenhaus nach Teheran, da kann es sein, dass ich mich einige Tage um sie kümmern muss.«

»Wie viele Personen seid ihr denn?«

»Meine Mutter und ich. Meine Mutter musste auch mitkommen, damit wir uns besser um Rona kümmern können.«

»Dann bist du nicht allein?«

»Nein, ich bin nicht allein.«

Frau Doktor sagt einige Sekunden lang nichts.

»In Ordnung. Schade!«, entgegnet sie dann. »Ich hatte was Tolles geplant, jetzt verschieben wir es. Ich ruf dich später an.«

Sadegh gibt nicht so viel auf Frau Doktors letzten Satz.

Rona wacht plötzlich auf und schreckt angsterfüllt hoch. Sie sieht ihre Mutter und dann Sadegh, der sich wundert, denn Rona scheint gar nicht krank zu sein. Sie springt nach vorn, setzt sich zu ihrem Bruder und gibt ihm einen dicken Kuss. »Ich weiß, was los ist!«, ruft sie. »Mein lieber Bruder Sadegh hat gemerkt, dass ich krank bin, und ist zu uns gekommen, um mich in ein Krankenhaus nach Teheran zu fahren. Richtig?«

Sadegh lächelt. »Genauso ist es, hübsche Frau. Wie du es sagst.«

Rona zögert kurz.

»Werde ich wieder gesund, Sadegh?«

Er fängt an zu lachen.

»Du wirst gesund – gesünder als du vorher warst. Außerdem gelangt ein wenig verschmutzte Teheraner Luft in deine Lungen, dann weißt du den Wert von Zuhause besser zu schätzen.«

Bis Teheran halten sie zweimal an. Im Auto gibt es eine kleine Schüssel, die sie mit Eis füllen, um Ronas Füße zu kühlen, damit ihr Fieber nicht allzuhoch steigt. Die Mutter betet. Sadegh genießt das Beten seiner

Mutter, sie betet aus vollem Herzen und mit klarem Geist. Bislang ist es noch nie passiert, dass die Mutter materielle Dinge von Gott erbeten hat.

»Gott, gib allen Menschen einen gesunden Körper. Wir vertrauen dir unsere Kinder an.« Als seine Mutter aussteigt, um zu Hasrate Masum[4] zu pilgern, sagt sie zu Sadegh: »Ich komme schnell zurück, mein Junge. Ich bete auch für dich mit. Bleib du bei Rona.«

Es dauert keine halbe Stunde bis Mutter zurückkommt.

»Ich bin vor ihr auf die Knie gefallen und habe um Ronas Genesung gebeten.«

In der Nähe Teherans ruft er den Leiter des Taxiunternehmens an.

»Ich bin's, Sadegh, guten Tag.«

»Guten Tag, Sadegh. Was ist passiert?«

»Meine Schwester Rona ist krank geworden. Meine Mutter und ich bringen sie nach Teheran. Kennen Sie einen Spezialisten, zu dem ich Rona bringen kann?«

»Natürlich, Sadegh. Ihr müsst auch gar nicht lange fahren. Doktor Sorur.«

»Der Mann von Frau Doktor?«

»Ja, Sadegh. Ich rufe ihn gleich an. Wenn du in Teheran ankommst, fahr in seine Praxis.«

»Aber ...«

»Was heißt hier, aber? Er ist ein guter Arzt und Bekannter.«

»Ich kenne ihn nicht.«

---

[4] Anmerkung des Verfassers: Hasrate Fatemeye Masum ist die Schwester des achten Imams der Shia. Ihr Mausoleum ist eines der wichtigsten Wallfahrtsorte des Irans.

»Dann lernst du ihn kennen. Ich sag ihm einfach, dass du seine Frau immer fährst. Außerdem hilft meine kleine Tochter Sara dreimal in der Woche in seiner Praxis aus.«

Sadegh sagt nichts. Er konnte auch nichts sagen. Er konnte ja schlecht erzählen, wie Frau Doktor mit ihm redet, und was für Gedanken sie im Kopf hat. Er lässt sich vom Leiter des Taxiunternehmens die Adresse der Praxis geben.

»Sadegh, wer ist diese Frau Doktor?«, fragt die Mutter plötzlich.

»Eine Kundin.«

»Warum hat sie dich denn dann über deine Arbeit ausgefragt?«

»Einfach nur so, Mutter. Sie will immer nur, dass ich sie fahre, daher.«

»Was heißt das?«

»Gar nichts, Mutter.«

»Bestimmt, weil du so ein ehrlicher und sittsamer Junge bist und sie eine Frau. Daher will sie, dass du sie fährst.«

»Es ist ganz so, wie Sie es sagen, Mutter.«

»Gott sei immer bei dir. Das ist der Lohn für deine Ehrlichkeit und Sittsamkeit, mein Junge.«

Die Praxis von Doktor Sorur ist voll.

Sadegh geht zu dem Tisch der Praxisgehilfinnen. Zwei Damen sitzen dort, die er begrüßt.

»Guten Tag. Ich bin Rostami ...«

Ein junges Mädchen, die neben der Arzthelferin sitzt, fragt: »Sind Sie Sadegh?«

»Jawohl.«

»Mein Vater hat vom Taxiunternehmen aus angerufen und ich hab es der Arzthelferin gesagt. Bitte setzten Sie sich. Sie sind als Nächstes dran.«

»Herzlichen Dank.«

Sadegh blickt das junge Mädchen verstohlen an. Dann ist das also Sara, die Tochter seines Chefs. Dann schaut er ganz schnell wieder weg. Und während der Doktor Rona untersucht, fragt er Sadegh: »Der Leiter des Taxiunternehmens hat von Ihnen geschwärmt und gesagt, dass Sie alle Arbeiten für uns Zuhause sehr gut und ordentlich ausführen.«

»Herzlichen Dank, Herr Doktor. Es ist meine Pflicht, die Arbeit gut und ordentlich auszuführen.«

»Siehst Du, und weil auch ich der Meinung bin, dass man seine Arbeit gut machen muss, werde ich Rona jetzt ins Krankenhaus einweisen. Es ist sogar ein wenig zu spät. Das Kind hätte vom ersten Tag an zum Arzt gemusst. Ich schreibe auf jeden Fall auf, was im Krankenhaus geschehen muss. Ich komme auch abends ins Krankenhaus. Dieses Kind hat starken Paratyphus.«

Rona wird ins Krankenhaus eingewiesen.

Ihre Mutter bleibt bei ihr und setzt sich an ihr Bett.

Sadegh verlässt das Krankenbett, ist sehr müde und schlecht gelaunt. Er wünscht sich, mit jemandem zu reden. Aber mit wem? Außerdem, wem kann er sich anvertrauen? Ihm fällt Omid ein. Er fährt nach Hause und merkt gar nicht, wie er einschläft. Es ist zehn Uhr abends, als er aufwacht. Er schaut sein Telefon an. Frau Doktor hat angerufen. Er isst etwas, kauft dann ein wenig Obst ein und zwei Packungen Datteln, und fährt zu Omid.

»Sehr schön, unser lieber Sadegh. Du erleuchtest unseren Palast. Fährst uns über den Haufen und verschwindest dann. Ich habe doch kein Telefon, um dich anzurufen, warum meldest du dich denn nicht?«

»Ich hatte viel zu tun.« Dann erzählt er die Ereignisse um Rona.

»Hast du gesagt, Doktor Sorur?«

»Ja. Es heißt, er sei ein sehr guter Arzt.«

»Ja, er ist ein guter Arzt, ein sehr guter sogar. Er muss jetzt etwa mitte sechzig sein. Er war in den USA ein Kommilitone meines verstorbenen Vaters.«

»Ist dein Vater verstorben, Omid? Mein Beileid.«

»Ja, Sadegh.«

»War dein Vater etwa Arzt?«

»Nein, er war kein Arzt, sondern Ingenieur.«

»Dein Vater war Ingenieur und du bist ...«

»Ich bin, was?«

»Ich meine ... dieses Leben ... warum?«

»Warum? Warum wohl, Sadegh?«

Drei der Freunde des Pappenschläfers waren eingeschlafen. Omid weint ganz leise und hält Sadeghs Hand. Sieben, acht Meter weiter setzt er sich auf einen Stein neben der Brücke.

»Ich fühle mich so bedrückt, Sadegh.«

»Dann sprich dich aus, Omid. Ich fühle mich auch bedrückt. Aber bei dir ist es bestimmt viel schlimmer.«

»Oh ja, sehr viel schlimmer sogar. Mein Vater war genauso alt wie Doktor Sorur. Ich habe nur den Namen dieses Arztes gehört. Mein Vater hat immer die ganze Familie zu ihm geschickt. Ich bin glücklicherweise niemals so krank geworden, dass ich zu ihm musste.

Mein Vater war zweiunddreißig als er meine Mutter geheiratet hat. Meine Mutter war zum Zeitpunkt ihrer Heirat sechsundzwanzig. Zwei Jahre später bin ich zur Welt gekommen. Zehn Jahre danach sind wir wegen der Arbeit meines Vaters aufs Land gezogen.

Omid, komm und zeig mir deine Hausaufgaben von heute!«, erzählte Omid Sadegh aus seinen Kindheitserinnerungen.

»- Jawohl, Mutter.

- Wie schön. Du hast sie ganz toll gemacht. Als ich vorgestern bei deinem Lehrer war, hat er mir gesagt, dass, wenn du so weiter machst, Klassenbester wirst. Bravo, mein Junge. Du bekommst ein tolles Geschenk von mir.

- Mama, kannst du mir eine Flöte kaufen?

- Eine Flöte?

- Ja, Mama. Ich möchte Flöte spielen.

- Warum Flöte?

- Der Klang ist so besonders. Der Klang erinnert einen an die Berge.

- Warum denkst du denn mit 15 an die Berge? Nicht, dass du mit deinen Freunden daher am Wochenende immer in die Berge wandern gehst.

- Es ist wunderschön dort. Die Berge und die Flüsse und der Wald und solche Sachen.

- Sicher. Lass deinen Vater heimkehren, dann bespreche ich das mit ihm. - Der Vater schreit ja nur, wenn man mit ihm redet.

- Er arbeitet einfach viel, mein Sohn. Er schreit nicht, er redet laut. Man spricht doch nicht schlecht über den eigenen Vater.

- Man bekommt es einfach mit der Angst zu tun, ihn sogar anzusprechen.

- In Ordnung. Das reicht jetzt. Er ist doch nicht der böse Geist. Mann. Er ist dein Vater. Egal, was ist, er ist dein Vater.«

Die Mutter von Omid führte ihr Gebet aus und fing dann an, mit Gott zu sprechen: »Gott, gib uns Gesundheit. Gott, ich vertraue dir Omid an. Gott, bitte lass meinen Mann aufhören, diese bösen Dinge zu tun. Gott, lass ihn wieder auf den richtigen Weg zurückkehren.«

Omid hörte den letzten Satz.

Sein Vater kam um 21:30 nach Hause. Omid lief ihm entgegen und rief:

»Hallo Papa. Papa, mein Lehrer hat zu Mama gesagt, dass ich Klassenbester werde.«

»Na, das ist ja super. Mit all den Möglichkeiten, die du hast, wolltest du doch nicht etwa sitzen bleiben.«

Omid war erschrocken und lief in sein Zimmer. Seine Mutter grüßte und sagte: »Hallo. Wir haben Frikadellen.«

»Ich habe schon zu Abend gegessen.«

»Es wäre nicht schlecht, wenn du ab und zu Zuhause Abendbrot essen würdest. Tagsüber bist du ja draußen. Komm manchmal ein wenig früher nach Hause, damit du dich auch um dieses Kind kümmern kannst.«

»Es ist aber nicht abgemacht, dass ich sowohl außerhalb wie auch im Haus schufte.«

»Warum denn schuften? Du bist ein Ingenieur und gehst zur Arbeit. Außerdem, schufte ich denn etwa nicht Zuhause? Ich kümmere mich die ganze Zeit um Omid. Er braucht aber auch die warme Hand eines Vaters. Die Umarmung eines Vaters ist für ein Kind genauso wichtig wie die Umarmung einer Mutter. Geh du doch einmal zu seiner Schule. Ich habe nichts dagegen, selbst in die Schule zu gehen, aber dieses Kind möchte bestimmt auch einmal, dass man seinen Vater in der Schule sieht. Schau ihn dir einmal genau an. In seinen Augen liegt große Traurigkeit. Ich habe ihn mir angeschaut. Er beginnt, depressiv zu werden.«

»Depressiv, was für einen Quatsch du redest.«

»Ich versuche dir die Wahrheit mitzuteilen und du beleidigst mich?«

»Nenn es, wie du willst. Ich sage auch die Wahrheit. Ich arbeite von früh bis spät. Und wenn ich dann Zuhause bin, muss ich mich mit deinen falschen Behauptungen beschäftigen. Da du die ganze Zeit mit Beten beschäftigt bist, bete doch, dass er nicht in Depressionen verfällt.«

»Was hat das denn mit Beten zu tun, Hushang? Das Gebet hat seinen eigenen Platz. Dein Verhalten ebenso. Hast du einen Sohn bekommen, damit er Depressionen bekommt? Und bin ich zum Beten gekommen, um ihn davon zu heilen? Komm zu dir! Warum begreifst du nicht, was dieser verdammte Alkohol aus dir macht? Jeden Abend das Gleiche. Entweder du besäufst dich bei deinen Freunden oder hier bis zum Geht-nicht-mehr. Du bist ein Moslem! Wenn du es für uns nicht tust, tu es für dich selbst. Du wirst bald 50. Dein Blutzuckerspiegel ist zu hoch. Dein Blutdruck ist zu hoch. Warum?«

»Es ist mein eigener Körper und mein eigener Geist. Und ich weiß selber, was ich tue. Ich habe diese Welt, du das Jenseits.«

»Warum können wir nicht diese Welt wie auch das Jenseits zusammen haben. Warum müssen wir das aufteilen? Wenn du von dieser verdammten Sucht loskommen würdest, könnten wir beides haben. Ich habe die Welt, wenn mein Mann gesund ist. Wenn er sich um sein Leben, um seine Frau und um sein Kind kümmert. Wenn er sein Gewissen wiederfindet, Hushang.«

»Du bringst mich noch um den Verstand mit deinem Glauben und deinem Gewissen. Wo in deinem Glauben und deinem Gewissen steht geschrieben, dass die Frau ihrem Ehemann sagen muss, was er zu tun und zu lassen hat. Ich trinke Alkohol und die Sünde trage ich auch selbst. Sag mir mal, die, die keinen Alkohol trinken und sich Moslem nennen, begehen die keine Sünden? Lügen die nicht? Verarschen die niemanden? Bestehlen die niemanden? Betrügen die niemanden? Mach deine Augen auf und schau dich um, was die Menschen tun, dann kritisierst du mich nicht mehr die ganze Zeit.«

»Überall steht geschrieben, dass die Frau ihrem Mann sagen soll, dass er keine Sünden begehen darf. Dass du dich um deine Familie kümmern sollst, um deine Frau und um deinen Sohn. Und warum zählst du die schlechten Eigenschaften der Menschen auf? Warum? Meinst du, weil einige schlechte Dinge tun, darfst du dich betrinken? Ist das ein Grund? Und das von einem

Ingenieur, der sein Leben der Wissenschaft widmen sollte. Willst du im Jenseits sagen, weil du einige gekannt hast, die schlechte Dinge getan haben, die Sünden begangen haben, dass du von denen gelernt und dich deshalb der Sucht hingegeben hast?«

»Im Jenseits. Im Jenseits. Wer hat schon Ahnung vom Jenseits? Außerdem, was muss ich tun, wenn mich das Jenseits nicht interessiert? Sag mir, was muss ich tun? Wen muss ich sehen?«

Omid sagte indes: »Gute Nacht und danke für die Flöte«, und ging. Seine Mutter antwortete ihm, aber sein Vater schwieg.

»Was hat es mit dieser Flötensache auf sich?«

»Ich habe ihm versprochen, dass er eine Belohnung erhält und er hat gesagt, dass er eine Flöte haben möchte.«

»Eine Flöte?«

»Ja!«

»Heißt das, er will Flöte spielen?«

»Er sagt, ja.«

»Und du?«

»Wenn er es selbst will, ist doch nichts dabei.«

»Mein Junge soll Flöte spielen. Der Junge des Herrn Ingenieurs.«

»Was meinst du mit: *Mein Junge soll Flöte spielen?* Er will doch keine Sünde begehen, dass du dich darüber so erschreckst.«

»Du hast wohl einen Schlag auf den Kopf bekommen, Weib? Erst ärgerst du mich die ganze Zeit und dann offenbarst du mir, dass mein Junge Flöte spielen will. Es ist zwar keine Todsünde, aber es ist gegen den Anstand, es gehört sich nicht, verstehst du, was ich sage?«

»Erst einmal, sag nicht ständig: mein Sohn, mein Sohn. Omid ist unser Sohn. Außerdem ist Flötespielen kein schlechter Zeitvertreib. Genauso, wie er mit seinen Freunden in den Bergen wandern möchte, möchte er jetzt ein Musikinstrument lernen. Und dieses Musikinstrument ist jetzt halt eine Flöte, Houshang. Außerdem, Herr Ingenieur! Du, der ganz genau weiß, was sich gehört und was nicht, was richtig ist und was nicht, beehrst mich doch mit der Frau, die, wie du so schön sagst, nur im Haus schuftet, und versuchst zu erklären, warum die Alkoholsucht nicht schlecht ist und was sich nicht gehört. Die Sucht ist nicht schlimm, aber das Flötespielen des Kindes schon?«

»Was hat das eine mit dem anderen zu tun? Du redest schon wieder nur Unsinn.« Houshang stand auf. Er nahm sich ein Glas und füllte es mit dem Getränk aus einer Flasche auf, die in einem Schrank in der Küche stand. Er trank zwei Schlucke und fing dann an zu schreien: »Red nicht die ganze Zeit einen solchen Unsinn. Red nicht die ganze Zeit von Dingen, die sich gehören und nicht gehören. Es ist mir scheißegal, was dein Sohn machen will. Macht doch, was ihr wollt. Es geht mich einen Scheißdreck an, was ihr macht. Spielt er Flöte, spielt er keine Flöte, das ist mir scheißegal.«

Houshangs Stimme war so laut, dass Omid aus dem Schlaf erwachte. Er öffnete seine Zimmertür. »Papa. Lieber Papa. Bitte schrei Mama nicht so an. Wenn das Problem die Flöte ist, ich will sie nicht!«

Sein Vater sagte im gleichen lauten Ton: »Geh jetzt endlich schlafen!«

Omid hat vor Angst gezittert und ist in sein Zimmer gegangen. Seine Mutter ist aufgestanden und ihm gefolt. Sie hat ihn umarmt und gesagt: »Sei nicht traurig mein Junge. Dein Vater ist müde und erschöpft von der Arbeit nach Hause gekommen. Wir gehen dir morgen gemeinsam eine Flöte kaufen. Versuch zu schlafen.« Die Mutter hat seine Tränen getrocknet und sich neben sein Bett schlafen gelegt.

Es war 14:30 als Omid nach Hause kam. Er war sehr bedrückt und deprimiert.

»Hallo mein Schatz. Geht es dir gut? Was gab es Neues in der Schule?«

»Nicht schlecht, Mama. In der Schule gab es nichts Besonderes. Wie immer. Aber Mama, mir ist so komisch. Mein Bauch rumort so komisch. Ich konnte mich in der Schule gar nicht konzentrieren. Ich schwitze und mir ist heiß, Mama.«

»Es ist nichts, Omid. Du hast gestern bestimmt zu wenig geschlafen. Mir geht es manchmal genauso und am nächsten Tag geht es mir wieder gut. Denk gar nicht daran. Leg dich jetzt für zwei, drei Stunden hin und dann gehen wir raus, essen ein Eis und kaufen dir eine Flöte.«

Es war gegen 17:00, Omid und seine Mutter gingen in ein Geschäft für Musikinstrumente. Sie kauften eine Flöte. Der Ladeninhaber rief gleich einen Lehrer an und bestellte ihn für zwei Mal in der Woche um 16:00 zu Omid.

Omid war sehr froh. Als sie zu Hause ankamen sind, holte er die Flöte aus der Verpackung und fing an, laut darauf zu spielen. Dann sagte er zu seiner Mutter: »Ich werde es lernen. Sehr schnell. Und dann werde ich, wenn ich mit meinen Freunden in die Berge gehe, für sie spielen.«

»Bestimmt mein Sohn.«

Er zögerte kurz und fragte: »Mama, was wird Papa sagen, wenn er es erfährt?«

»Was heißt, wenn er es erfährt? Er muss es erfahren. Er muss doch wissen, was wir tun. Was er darauf sagen wird, weiß ich nicht.«

»Aber gestern ist er doch so traurig geworden, als du ihm gesagt hast, dass ich eine Flöte will.«

»Er war wütend, das macht nichts.«

»Aber warum hat er denn so geschrien?«

»Das war falsch. Er hätte nicht so schreien dürfen.«

»Mama, kann er denn nicht von seiner Abhängigkeit loskommen?«

»Natürlich kann er, mein Sohn. Er will nur nicht. Wenn man will, kann man alles Schlechte von sich fernhalten. Man braucht nur Durchhaltevermögen, aber das hat dein Vater leider nicht. Anstatt traurig zu sein, solltest du lernen, alles Schlechte von dir fernzuhalten. Nur so kann man ein anständiger Mensch sein.«

»Und was passiert, wenn Papa so weitermacht?«

»Zerbrich du mal deinen Kopf nicht darüber. Denk nicht, dass ich es dir nicht erklären will, es ist die Pflicht der Eltern, einen fünfzehnjährigen Jungen aufzuklären, aber es gibt Themen, mit denen man sich nicht zu sehr beschäftigen sollte, weil sie das Denken eines Teenagers zu sehr belasten und von den wichtigen Dingen ablenken.«

»Gibt es denn etwas Wichtigeres als meinen Vater?«

»Nein mein lieber Junge, du hast ja vollkommen Recht. Aber du fragst, was passieren wird, wenn er nicht aufhört. Daran will ich gar nicht denken.« Die Mutter weinte. »Ich will nicht daran denken. Ich will nicht, dass er es fortführt. Ich will es nicht sagen, ich will es nicht zur Sprache bringen, was passiert, wenn er nicht aufhört. Verstehst du, Omid? Ich bin dazu nicht bereit. Ich will es nicht. Ich rede ständig mit ihm darüber. Ich bete ständig. Ich bitte Gott, dass er aufhören möge. Tu das auch, bitte Gott darum!«

»Das habe ich schon getan, Mama. Sehr oft sogar. Aber bitte sei nicht traurig. Ich kann und will nicht sehen, dass du traurig bist.« Omid fasste sich an den Kopf und ging in sein Zimmer.

Es dauerte noch einen Monat, bis Omids letztes Schuljahr begann. Die Streitigkeiten seiner Eltern dauerten an und gingen fast jede Nacht so weiter. Seine Mutter war eine sehr ruhige, freundliche und rationale Frau. Sie hat Omid nicht ein einziges Mal angeschrien. Sie hat sich zwar beschwert oder ihn auf einen Fehler aufmerksam gemacht, aber sie hat ihm immer bei der Lösung seiner Probleme geholfen. Sie war ihm bei allem behilflich. Sie hat ihm wie eine Freundin zur Seite gestanden und ihn umsorgt.

Omid verstand diese Dinge. Nach einiger Zeit nahm seine Mutter für ihn auch die Rolle des Vaters ein. Er sah seinen Vater vielleicht ein, zwei Mal die Woche. Er wurde nach und nach wie ein Fremder für ihn. Er fühlte sich seiner Mutter viel näher.

Drei Jahre vergingen, Omid wurde achtzehn und stand vor dem Abitur. In den Sommerferien ist er nicht ein einziges Mal aus dem Haus gegangen. Er hatte seltsame Befürchtungen. Aber er sagte seiner Mutter nichts darüber. Egal wie oft seine Mutter sagte, dass er aus dem Haus gehen sollte, er nahm seine Flöte zum Vorwand und vertrieb sich die Zeit mit Lesen und Flötenspielen.

Es waren zwei Wochen vor Beginn seines neuen Schuljahres: Omids Vater kam im Gegensatz zu sonst um fünf Uhr nachmittags nach Hause . Omid spielte in seinem Zimmer auf der Flöte.

»Hallo Houshang. Du bist aber heute früh nach Hause gekommen. Sehr früh sogar, aber ich freue mich sehr darüber.«

»Hallo. Ja, ich bin früh nach Hause gekommen, aber ich muss auch früh wieder gehen. Ich muss für zwei Tage auf Dienstreise nach Teheran. Vielleicht bleibe ich auch drei Tage.«

»Musst du heute fahren oder morgen?«

»Heute, Frau. Warum fragst du mich denn so aus? Was ist das für ein Geheule im Zimmer des Kindes?«

»Houshang, sei ganz ruhig. Das ist kein Geheule. Das ist das Flötenspiel von Omid. Er übt gerade. Und der Mann in dem Zimmer ist kein Kind mehr. Er ist ein junger Mann. Omid ist unser Sohn und wird bald achtzehn.«

»Er ist achtzehn und du verwöhnst ihn noch so. Und dann schickst du ihn in die Gesellschaft und er kommt vom rechten Weg ab und dann wirst du die ganze Welt dafür verantwortlich machen, dass sie ihn vom rechten Weg abgebracht hat.«

»Mein lieber Houshang, beruhige dich ein wenig. Wenn du es nicht magst, dass er Flöte spielt, sag ich ihm, dass er aufhören soll. Aber bitte sage mir, warum ich diesem achtzehnjährigen Jungen das Flötespielen verbieten soll. Ich muss ihn ja schließlich überzeugen können. Ansonsten gewöhnt er sich daran, nur Befehlen zu gehorchen und verlernt das freie Denken, und die Menschen kommen und nutzen das aus, ohne dass es im überhaupt auffällt. Und wir machen einen Sklaven aus ihm. Er gewöhnt sich ansonsten daran, dass man ihn und seine Umwelt anschreit.«

»Braucht man einen Grund, um etwas Falsches zu tun?«

»Man muss jemanden überzeugen können, wenn man sein Handeln für falsch hält und ihn davon abbringen will. Du musst ihm sagen, warum das falsch ist. Er ist ein Mensch, er versteht Dinge. Wir müssen jungen Menschen das Denken und Entscheiden beibringen. Wir dürfen ihn nicht ersticken. Wir müssen ihm beibringen, dass das Leben voller Entscheidungen steckt, und dass diese Entscheidungen aus guten Gründen gefällt werden müssen.

Wenn wir ihm sagen, dass er etwas nicht tun soll, muss er wissen warum. Dass es zum Beispiel nicht gut für ihn ist, für seine Gesundheit oder für seinen gesunden Lebenswandel. Warum denken du und deinesgleichen immer, dass nur ihr wisst, was richtig ist und was falsch, und dass außer euch niemand anderes weiß, was zu tun ist. Bist du wirklich der Meinung, dass du deine ganzen Taten für gut halten kannst, aber die guten Taten von anderen für schlecht?«

»Mein Gott, ich will nicht, dass mein Sohn Flöte spielt. Du willst es, dann musst du auch mit den Konsequenzen leben. Zerstör ihn. Und dein Sohn lernt dann, dass er seine eigenen Entscheidungen treffen und frei entscheiden kann.«

»Wenn du siehst, dass meine Argumente richtig sind, kapitulierst du. In Ordnung. Die ganze Verantwortung liegt bei mir. Aber lass mich dir etwas sagen, was ich dir noch nie gesagt habe, Houshang: Ich und dieser junge Mann, den du Kind nennst, haben auf dieser Welt nur Gott und dich. Aber so wie es wirkt, haben wir von nun an nur noch Gott. Du verhältst dich schon seit Jahren als Ehemann und Vater gleich. Aber lass mich dir sagen, egal was uns beiden passiert, es liegt in deiner Verantwortung. Gott wird dir deine Sünden nicht vergeben, Houshang. Du zerstörst mit deinen eigenen Händen ein gutes und anständiges Leben voller Liebe und Geborgenheit, aus dem du viel Kraft schöpfen kannst. Ich verfluche dich nicht, Houshang, denn du bist mein Mann, aber wisse, dass Gott gerade mit seinen Engeln spricht. Er sieht und beobachtet alles. Und er vergisst nichts. Er sagt dir die ganze Zeit: Lass es Houshang. Aber du hörst nicht. Er zeigt dir die ganze Zeit Gründe, es zu lassen, aber du beachtest sie nicht. Ich versuche die ganze Zeit, alles, was du zerstörst, zu retten, aber du machst alles nur noch schlimmer. Nein Houshang! Du hast schon Recht. Man lernt mit Flöte spielen nicht, was richtig und was falsch ist, man muss noch viel mehr tun, aber mit solchen Dingen beginnt es. Wenn du ihm die ganze Zeit alles verbietest, wenn du ihm mit Aggressivität begegnest, dann wirst du nur erreichen, dass es schlimmer wird, sehr geehrter Herr Ingenieur.« Danach wurde kein Wort mehr gesprochen. Es wirkte so, als ob Omid so vertieft in sein Flötenspiel wäre, dass er nichts von diesem Gespräch mitbekam.

Houshang hat seinen Koffer gepackt, ein kühles *Aufwiedersehen* gemurmelt und ist gegangen. Beim Abendessen war Omid ganz ruhig.

»Warum bist du so ruhig? Ich habe dein Flötenspiel gehört, Omid, spielst du nach dem Essen etwas für mich? Du spielst sehr schön, vor allem die Volkslieder.«

»Ich bin ruhig? Ja, Mama. Ich habe keine Lust. Ich kann auch nicht unter Menschen gehen. Es ist so, als ob sie mich ganz komisch ansehen würden. Ich habe die ganze Zeit ein unruhiges Gefühl, bin nervös und angespannt. Ich habe Angst vor etwas. Ich weiß aber nicht, wovor. Aber ich habe Angst, Mama. Ich habe das Gefühl, ganz allein zu sein. Wenn ich dich nicht hätte, würde ich verrückt werden.«

»Was redest du denn da Omid? Alle haben Angst und sind nervös. Allerdings nicht immer. Es kommt aber manchmal vor. Vergiss nicht: Angst zu haben und nervös zu sein sind auch nur Gefühle. Die muss man haben.«

»Nein Mama, ich habe diese Gefühle nicht nur manchmal, ich habe sie immer. Ich bin achtzehn Jahre alt, und es wirkt so, als ob ich achtzehn Jahre lang ohne Vater aufgewachsen wäre. Ich habe Angst, Mama. Weißt du, was das heißt? Ich habe Angst, dass dir etwas passiert. Vor einigen Tagen hast du beim Gebet geweint und dann an dein Herz gefasst. Das habe ich auch gesehen.«

Omid fing an zu weinen. Er weinte wie ein Schlosshund. Seine Mutter setzte sich neben ihn und sagte: »Weine ruhig, mein Junge. Lass alles raus!«

»Nein Mama. Es kommt nicht alles raus. Der Gedanke, dass dir etwas passieren könnte, macht mich verrückt. Warum? Weshalb? Nur, weil der werte Herr sich nur mit seinem eigenen Leben befasst. Und zu so einem sagen sie: Mann? Und zu so einem sagen sie: Vater? Wenn er so leben wollte, warum hat er dann geheiratet? Warum musste ich zur Welt kommen? Warum kommt er denn nicht zu sich? Warum zwingst du ihn nicht dazu? Warum zwingt Gott ihn nicht dazu?«

Omids Mutter war ganz ruhig. Er hatte bislang noch nie so über seinen Vater gesprochen. Sie konnte Omid keine Antwort auf seine Fragen geben. Sie konnte ihm nicht sagen, dass es ganz anders war. Sie konnte ihm nicht sagen, dass er nicht so über seinen Vater denken sollte. Sie konnte den Anschuldigungen von Omid nicht entgegentreten. Er war kein Kind mehr. Er war achtzehn Jahre alt, er verstand nun alles.

»Nein Omid. Er ist kein guter Ehemann und kein guter Vater. Aber was sollen wir tun?«

»Ich wünschte, ich wüsste die Antwort, Mama.«

»In Ordnung. Wir reden nicht mehr darüber. Los, hol deine Flöte. Und morgen gehen wir zu einem Psychiater.«

»Okay, Mama.«

Omid schaute seine Mutter mit einem Blick voller Geborgenheit an. Er hob seine Arme gen Himmel und sagte: »Gott, halte diesen Engel immer gesund.«

Er holte seine Flöte. Er brauchte keine Noten mehr. Omid hatte von klein auf sehr gut gesungen, seine Stimme war hell und klar.

»Mama, ich spiele jetzt für dich, und du singst mit.«

»Ich kann nicht mitsingen, aber du kannst sowohl spielen wie auch singen.«

Omid spielte und sang, und beides wunderschön:

Käme nicht ein Tag
an dem kein Atem
mehr in der Brust ist,
käme nicht ein Tag
an dem das Abbild der Liebe
nicht mehr im Spiegel ist,
käme nicht ein Tag
an dem, die Blumenzäune der Liebe
auf Herzenswände trocknen,
käme nicht ein Tag
an dem die Nachtigallen
für einen tropfen Wasser heulen,
mein Herz hat Angst
vor dem Tag
an dem das Firmament weint.

Es kommt ein Tag,
an dem es auf der Erde
nicht nach Regen riecht,
auf der Gasse der Liebe

keiner vorbeizieht;
alle Fenster der Liebe
werden geschlossen,
es kommt keine Schwalbe
auf die Veranda.

Es kommt ein Tag
an dem ich
im Korb der Vier Jahreszeiten
die Blumen der Sorge und des Leides pflücke,
wären diese Tage
stehen geblieben,
dass ich nicht schlimmeres erlebe.

Es kommt ein Tag
an dem mein müdes Herz
vor der Liebe zusammenbricht,
würde mich an dem Tag
das Schicksal in Ruhe lassen.

Omids Mutter war auf der Couch eingeschlafen. Das Taschentuch in ihrer Hand war voller Tränen. Omid deckte sie mit einer Decke zu und ging schlafen.

Der Psychiater sprach um die zwanzig Minuten lang mit Omid und seiner Mutter. Sehr ruhig und bedacht. Dann noch einmal um die zehn Minuten mit Omid allein. Nach dem Gespräch holte er seine Mutter wieder herein.

»Ich kann es leider nicht verleugnen. Ich muss Ihnen und Omid sagen, dass er starke Depressionen hat. Es ist jetzt nicht die Zeit, um nach dem Grund der Erkrankung zu suchen, auch wenn wir wissen, warum diese jungen Menschen in Depressionen verfallen. Es gibt verschiedene Gründe. Es ist noch nicht erwiesen, zu welchem Zeitpunkt und durch was für Ursachen diese Krankheit ausbricht. Aber diese Dinge muss ich mit ihm selber klären. Im Moment, vor allem auch, weil er in zwei Wochen zur Schule gehen muss, verzichten wir auf die stationäre Behandlung. Aber er muss unter ständiger Beobachtung stehen. Ich verschreibe dir drei Tabletten, Omid. Du musst sehr vorsichtig sein, dass du die Tabletten für Kinder unzugänglich aufbewahrst, und dass du sie regelmäßig nimmst. Morgens nach dem Frühstück und abends zwischen 19:30 und 20:00. Wenn du es für nötig hältst, kannst du meine Arzthelferin jederzeit anrufen und noch für den gleichen Tag einen Termin erhalten.«

Omid und seine Mutter gingen in die Apotheke, besorgten die Tabletten und fuhren dann nach Hause.

»Mama, du bist so ruhig.«

»Ja, mein Junge. Das würde doch jeder sein. Keine Mutter freut sich, wenn ihr Sohn krank ist. Ich will mich auch nicht verstellen, es ist halt so.«

»Mama, das ist doch keine Krankheit. Ich nehme eine Zeit lang Tabletten und dann bin ich wieder ganz gesund. Und dann denkst du, warum habe ich mir bloß solche Sorgen gemacht. Ich wette mit dir.«

»In Ordnung, wir wetten. Wir wetten, dass du ganz schnell wieder gesund wirst.«

»Dann gewinnst du ja die Wette.«

»Nein Omid, wir beide gewinnen. Wir wetten beide, dass du gesund wirst und dann gewinnen wir beide.«

»Haben wir gewettet, Mama?«
»Wir haben gewettet, mein Junge.«

Houshangs Reise dauerte länger. Wenn sie anrief, ging er nicht ans Telefon. Am vierten Tag versuchte sie es in seiner Firma.
»Ja bitte.«
Anstelle der Sekretärin, die immer ans Telefon ging, nahm ein Mann den Hörer ab.
»Ich bin die Frau des Herrn Ingenieurs. Ist seine Sekretärin nicht da?«
»Guten Tag. Ich bin Hamed, ein Mitarbeiter der Firma. Die Sekretärin ist heute nicht da. Kann ich Ihnen helfen?«
»Ich wollte sie etwas über meinen Mann fragen. Ehrlich gesagt, Hamed, mache ich mir ein wenig Sorgen um ihn.«
»Nein, machen Sie sich keine Sorgen. Er ist mit seiner Beraterin auf Dienstreise.«
»Sind sie zu zweit gefahren?«
»Nein, Amir, der Leiter der Finanzabteilung der Firma ist auch mit ihnen gefahren.«
»Dann ist ja gut, Hamed. Herzlichen Dank.«
Sie legte den Hörer auf. Was sollte das heißen? Warum ist die Beraterin mit ihm mitgefahren?
»Mama, hat Papa sich endlich gemeldet?«
»Nein Omid, er hält es noch nicht einmal für nötig, mich anzurufen. Und jetzt diese Beraterin ...«
»Was meinst du mit Beraterin, Mama?«
»Nichts.«
»Jetzt sag schon, Mama.«

»Die Beraterin der Firma ist mit ihnen auf Dienstreise nach Teheran gefahren. Sie wollte bestimmt ihre Familie sehen und ist mit dem Vater nach Teheran gefahren. Und weil wir zwei nichts zu tun haben, machen wir uns Gedanken. Los, steh auf, dann machen wir die Wohnung heute so richtig sauber. Bald fängt deine Schule an, und dann hast du keine Gelegenheit mehr, mir zu helfen.«

»Für meine Mutter habe ich immer Zeit.«

Es war ein guter Tag. Auch wenn Omids Mutter die ganze Zeit mit ihren Gedanken in Teheran bei Houshang war. Sie wollte ihren Mann niemals, auch nicht in Gedanken, beschuldigen, auch wenn Houshangs Sucht und sein Verhalten sie anekelten. Die gute Mutter, die sich wie ein Engel um ihren Sohn kümmerte, hatte tief in ihrem Herzen Sorgen.

Houshang kam am nächsten Tag gegen sechs Uhr nachmittags nach Hause.

»Hallo Papa. – Mama, komm! Papa ist da.«

»Hallo Omid.« Die Mutter trat mit einem Tablett voll Tee und Gebäck aus der Küche.

»Hallo, wie geht es dir?«

»Hat niemand angerufen?«

»Nein, es war nichts los. Ich habe mir Sorgen gemacht und habe auf deinem Handy angerufen. Du hast nicht geantwortet. Ich wollte deine Sekretärin fragen, wie es dir geht, als mir gesagt wurde, dass auch sie nicht da ist und du mit deiner Beraterin und dem Leiter der Finanzabteilung auf Dienstreise bist.«

Houshang erschrak. Er stellte seinen Tee ab, sammelte sich, und schrie: »Du hast sie ja wohl nicht mehr alle, dass du in der Firma anrufst. Was soll das, mir hinterher zu spionieren? Du machst einen mit deinen Aktionen ganz verlegen. Ich bin doch kein Muttersöhnchen, dass du anrufst und fragst, was ich tue und wo und mit wem ich bin. Du bist echt bescheuert mit deinen Aktionen. Abgesehen von deinen Erziehungsmethoden, die deinem Sohn mit einem Flötenspiel das freie Denken und so einen Quatsch beibringen wollen, und jetzt kommt das Fräulein, *ich bin so gläubig und ich bete den ganzen Tag*, und spioniert mir hinterher. Und das nach zwanzig Jahren und um mir zu zeigen, was für Rechte eine Frau hat.«

Es war offensichtlich, dass Omids Vater auf dem Weg getrunken hatte. Der Raum war erfüllt von Alkoholgeruch.

»Nein Houshang, du irrst dich. Ich habe nur angerufen, um zu fragen, wie es dir geht. Und Omid war traurig. Du hast gesagt, dass du für zwei Tage auf Dienstreise fährst, und als es dann doppelt so lang wurde, habe ich mir Sorgen gemacht. Wenn du selbst angerufen hättest oder an dein Handy gegangen wärst, hätte bestimmt niemand in der Firma angerufen. Wir haben doch wohl als Ehefrau und Sohn das Recht, uns Sorgen um die Gesundheit unseres Mannes oder Vaters zu machen. Wir haben nicht nur das Recht, es ist unsere Pflicht. Was, wenn dir etwas passiert wäre, und du unsere Hilfe gebraucht hättest? Wenn du nichts getan hast, warum regst du dich dann so auf? Warum schreist du hier überhaupt rum? – Du kommst hier an und antwortest noch nicht einmal auf mein Hallo. Frag doch einmal deinen Sohn, wie es ihm geht. Wenn du schon selbst nicht erzählst, wie es dir geht und was es Neues gibt, dann frag doch einmal, wie es uns geht und was es hier Neues gibt, anstatt so rumzuschreien – kaum, dass du angekommen bist.«

»Kaum, dass ich angekommen bin, damit sie sehr geehrte Frau mir erzählen können, wie sie jetzt mit ihrem Mann umzugehen haben. Die neuesten Methoden, um die Freiheit des Mannes einzuschränken. Sich so anzustellen und zu fragen, wo ist mein Mann und wer ist mit meinem Mann auf Dienstreise! Wenn man sich so einen Blödsinn nicht vorstellt, muss man auch nicht anrufen. Du denkst daran, dir deine eigenen Freiheiten zu schaffen, allerdings auf dem Rücken meiner Freiheiten.«

Omid, der nach der Begrüßung in sein Zimmer gegangen war, kam leise wieder heraus. Er war kein Kind mehr. Er verstand sehr vieles mit seinen achtzehn Jahren.

»Papa, du bist echt gemein.« Omids Mutter erschrak. Noch nie hatte Omid mit einer solchen Härte und einem solchen Selbstbewusstsein gesprochen.

»Omid. Bitte misch dich nicht ein! Es ist nichts. Es ist ein Gespräch wie immer.«

Omid warf seiner Mutter einen liebevollen Blick zu. »Ich misch mich ein, weil ich in diesem Haus, das mein Vater eine Bruchbude nennt, existiere. Ich lebe hier, Mutter. Ich habe mit genau diesen immerwährenden Gesprächen von euch ein Problem. Ja, ich habe ein Problem, weil hier jemand versucht, mit fortwährendem Geschrei und Zwang, das zu tun, was allein er tun möchte. Er beschimpft sogar meine Mutter, nur um seine Taten zu vertuschen.«

Der Vater sah ihn verächtlich an.

»Die eine hat mir gefehlt, jetzt kommt der andere.«

»Nein, Vater. Die eine hat dir nicht gefehlt, denn sie ist nicht genug für dich. Du brauchst ein Symphonieorchester, das dich anschreit. Es ist dir doch sowieso alles egal. Deine Frau – meine Mutter – ist hier zwei Tage nach deiner Abreise wie ein verschreckter Vogel umhergescheucht, weil sie nichts von dir gehört hat. *Nicht, dass ihm etwas passiert ist.* Und dann ruft sie an, um zu wissen, wie es dir geht und du schreist sie betrunken an dafür? Warum schlägst du sie nicht und sagst: *Du bist eine blöde Kuh!* Warum sagst du nicht zu ihr: *Du Idiotin, denkst du wirklich, dass eine Ehefrau in ihrem Eheleben denken muss? Es gehört sich nicht, dass du denkst und fragen willst, wie es mir geht. Es gehört sich nicht, dass mein Sohn sich Gedanken um meine Gesundheit macht.* Sag zu ihr: *Du hast sie ja wohl nicht mehr alle, dass du dir Sorgen um deinen Sohn machst, dich um ihn kümmerst und ihm sogar den Vater ersetzt, wenn dieser nicht da ist.* Warum schlägst du diese dumme und einfältige Person, die man Mutter nennt, nicht? Warum?«

Houshang stand auf, ging auf Omid zu, schubste ihn zur Tür, und sagte: »Du redest eindeutig zu viel, Kleiner. Es wirkt so, als ob du glaubst, ein Mann geworden zu sein ...« Plötzlich rauschte ein Klagegeräusch durch den Raum. Es war ein Schrei, der Omids Mutter im Hals stecken blieb. Sie war auf den Boden gefallen und konnte kaum atmen.

»Nein. Nein Houshang. Das ist nicht der richtige Weg. Er sagt doch nur, was er denkt. Er spricht aus, was er die letzten Jahre in sich reingefressen hat. Bitte. Im Namen Gottes, lass ihn. Umarm ihn. Küss ihn dafür, dass er denkt und sich Gedanken über die Probleme seines Lebens macht. Spüre ein wenig, dass er Recht hat. Umarm ihn, und wenn er Unrecht hat, sag es ihm. Sprich mit ihm, Houshang. Sprich! Lass ihn lernen, dass man über alles sprechen und so seine Probleme lösen kann. Wenn der Fehler bei dir liegt, bitte ihn um Verzeihung. Bitte, wenn du es sagst, wird es ihm wieder gut gehen. Wenn es dir gut geht, geht es uns allen gut, Houshang.«

Ein kaltes Schweigen erfüllte den Raum. Omid ist auf seine Mutter zugegangen und hat geschrien: »Ganz wie du es wünschst, Mutter. Steh auf, ich habe einen Fehler gemacht. Ich misch mich nicht mehr ein. Bitte, steh auf. Ich habe einen Fehler gemacht. Du hast Recht. Es ist ein alltägliches Gespräch. Wenn dir etwas passiert, ersticke ich. Ich bin sogar bereit zu sterben, nur um dich nicht am Boden zu sehen.«

Omid rief den Notarzt.

Houshang beruhigte sich.

Der Arzt im Krankenhaus wandte sich an Omid und sagte: »Sie hat einen schlimmen Schlaganfall gehabt, junger Mann. Sind Sie ihr Sohn?«

»Ja, Herr Doktor.«

»Wo ist Ihr Vater?«

»Das ist nicht wichtig, Herr Doktor. Was müssen wir tun?«

»Gar nichts. Im Moment ist sie auf der Intensivstation. Wir tun alles, was in unserer Macht steht. Wenn ich Ihnen die Wahrheit sagen soll, die Gefahr ist noch nicht vorüber, und es ist auch noch nicht klar, was für Nachwirkungen der Schlaganfall für sie haben wird.«

Eine Stunde später kam Houshang ins Krankenhaus, stellte sich der Stationsleiterin vor, und fragte: »Wie geht es meiner Frau?«

»Sie hatte einen Schlaganfall. Es ist noch nicht ersichtlich, wie es um sie steht. Im Moment ist sie auf der Intensivstation. So Gott will, wird es ihr bald wieder besser gehen. Bitte gehen Sie in die Finanzabteilung und holen Sie Ihre Rechnung ab.«

Houshang ging, holte die Rechnung ab und sagte:

»Komm Omid. Geh und zahl die Rechnung. – Es werden ungefähr 400.000 Tuman sein. Hier hast du eine Million. Wenn es etwas Neues gibt, dann ruf mich an. Ich geh nach Hause, weil ich sehr müde bin.« Omid nahm nachdenklich das Geld und die Rechnung, ohne in das Gesicht seines Vaters zu sehen. *Wenn es etwas Neues gibt, dann ruf mich an. Ich bin müde und ich geh nach Hause.* Nach zwanzig Jahren Eheleben mit einem solchen Engel ist der Herr nach Hause gegangen, weil er müde ist und auf Nachricht von seiner Frau wartet. Er hätte so gerne seine Flöte zur Hand gehabt und all seine negativen Gefühle damit rausgelassen. Omid sang leise vor sich hin:

»Warum werden die Tage so schwarz wie die Nächte?
Warum werden Engel geopfert?
Warum bleibt ihr Lächeln auf den Lippen stehen?
Die Blume des Frohsinns ist voll Trauer.
Nicht, dass sie mir meine Sonne wegnehmen.
Die Sprossen meiner Hoffnung sterben ...«

Omid blieb drei Tage und Nächte im Krankenhaus. Sein Vater kam in dieser Zeit nur einmal.

Am zweiten Tag fragte der Arzt: »Warum gehen Sie denn nicht nach Hause? Es macht keinen Unterschied, ob Sie hier sind oder nicht. Wir erledigen unsere Arbeit.«

»Es macht einen Unterschied, Herr Doktor. Sowohl für mich, wie auch für meine Mutter. Wir beide sind ohne den anderen Nichts. Ist einer von uns nicht da, wartet der andere. Er wartet, er ist nervös. Wenn meine Mutter weiß, dass ich hier hinter der Tür warte, wenn sie ihre Augen öffnet und mich hinter diesem Fenster sieht, dann wird es ihr wieder gut gehen, Herr Doktor. Sie erhält Energie, und ich werde ihr Energie geben, solange ich lebe.«

Die Stationsoberschwester hörte diese Worte.

»In Ordnung«, sagte der Arzt. »Wenn Sie so sehr daran glauben, habe ich nichts mehr zu sagen, und Gott sei Dank geht es Ihrer Mutter besser. Sie ist auf dem Weg der Besserung. Sie wird heute die Intensivstation verlassen. Sie muss noch ein bis zwei Tage auf der Station bleiben, damit wir uns keine Sorgen mehr um sie machen müssen. Dann können Sie sie mit nach Hause nehmen.« Omid umarmte und küsste den Arzt vor Freude: »Herzlichen Dank, Herr Doktor. Ich liebe Sie. Ich hoffe, alle Ihre Liebsten bleiben immer gesund. Ich liebe Gott, ich liebe Ihre Hilfe, ich liebe Ihr Wissen.«

Dann sprang er hin und her, und sagte: »Ich liebe das gesamte Krankenhaus. Ich liebe alle Krankenschwestern. Ich liebe ...«

Auf einmal musste er weinen.

Seine Mutter sah das alles von ihrem Platz hinter dem Fenster. Omid wollte weinend zu seiner Mutter gehen.

Und als die Krankenschwester ihn davon abhalten wollte, ging der Arzt dazwischen: »Lassen Sie ihn reingehen. Keine Medizin ist besser für sie, als dieser Besuch.«

»Aber Herr Doktor ...«

»Ja, ich weiß, dass es gegen die Krankenhausregeln verstößt, wenn jemand die Intensivstation besucht, aber Regeln lassen Gefühle außer Acht.«

Zwei Tage später nahm Omid seine Mutter mit nach Hause. Das Schlafzimmer war voller Blumen. Gesondert davon standen in einer Vase eine Tuberose mit einer weißen Rose. Und an der Vase hing ein Zettel mit der Aufschrift: *Mama, geh nie wieder ins Krankenhaus!*

Omids Vater kam wie immer spät nach Hause und ging früh. Omid kümmerte sich die ganze Zeit um seine Mutter. Zwei Tage nach der Entlassung seiner Mutter aus dem Krankenhaus stand sie zum ersten Mal auf.

»Mama, warum stehst du auf? Du musst dich ausruhen. Das hat der Arzt gesagt, Mama.«

»Es stimmt schon, dass das der Arzt gesagt hat, aber es geht mir gut. Du musst übrigens nächste Woche wieder in die Schule gehen.«

»In die Schule? Nein, Mama! Ich habe gar keine Lust darauf. Ich will überhaupt nicht aus dem Haus gehen. Ich habe keine Lust, irgendjemanden zu sehen. Es ist so, als ob man sagen würde: Ich weiß, was bei dir zu Hause so los ist. Was dein Papa so macht. Dass er deine Mutter krank gemacht hat ...«

»Rede nicht so einen Unsinn, Omid. Die Menschen haben doch keine hellseherischen Fähigkeiten, um zu wissen, was bei uns los ist.«

»Aber Mama, ich habe so ein schlechtes Gefühl.«

»Jetzt fängst du schon wieder an ... schlechtes Gefühl, schlechtes Gefühl.«

»Ich hab Angst, Mama. Vor dem Leben, vor dem Tod, vor Papa, vor der Frau, der Beraterin von Papa.«

»Warum denn vor ihr?«

»Ich weiß es nicht, Mama. Ich weiß es nicht. Es kann auch sein, dass es vollkommen lächerlich ist, aber in meinem Bauch habe ich so ein Gefühl, als ob ich schreien müsste, wenn ich an sie denke ... als ob ein Sturm in meinem Bauch tobt.«

»Du sagst selbst, dass es vielleicht vollkommen lächerlich ist – das ist es bestimmt.«

»Vielleicht Mama. Aber mit der Alkoholsucht meines Vaters kann es sein, dass viele Dinge geschehen. Er passt nicht auf, was er tut. Gestern hat er den Safe geleert. Er hat alles, was drin war, in eine Beutel gepackt und ist gegangen. Ich weiß ja nicht, was für Dinge er im Safe hatte, aber er war verdächtig. Er hat alles ganz schnell eingepackt, in der Eile hat er sogar vergessen, die Safetür wieder abzuschließen.«

»Er hat den Safe geleert?«

»Ja, Mama.«

»Was soll das heißen? Im Safe ist der Grundbucheintrag des Hauses, ein wenig Geld, das Sparkonto von deinem Vater und der Grundbucheintrag eines 10.000 Quadratmeter großen Grundstücks.« Die Mutter ging zum Safe – er war leer.

»Was bedeutet das? Warum hat er das getan? Es war doch alles auf seinen Namen. Ach nein. Der Grundbucheintrag des Grundstückes war auf deinen Namen.

Das hat er zwei Jahre nach deiner Geburt gekauft. Da war er noch nicht abhängig, er hat erst vor elf oder zwölf Jahren angefangen. Ich weiß nicht, warum. Er sagte damals, er hätte einige neue Ingenieure kennengelernt, mit denen er gerne etwas trinkt. Einer davon hat ihm dann auch seine Beraterin vorgestellt.«

Auf einmal war sie ganz in Gedanken versunken.

Omid fragte: »Was ist passiert, Mama? Nicht, dass ...«

»... dass was, Omid?«

»Nicht, dass du sagen willst, dass er angefangen hat, seit dem er diese Dame kennt.«

»Ich weiß es nicht, Omid. Ich will keinen Unschuldigen bezichtigen, aber das Grundstück läuft auf deinen Namen. Er hat es sehr günstig gekauft.«

»Warum hat er denn dann eine notarielle Vollmacht von mir gewollt, Mama?«

»Eine notarielle Vollmacht? Wann?«

»Letztes Jahr. Er hat mich mit zum Notar genommen und da habe ich dann etwas unterschrieben. Ich habe gar nicht darauf geachtet, was ich unterschrieben habe. Es hat nur zwei Minuten gedauert. Ich kann mich auch an gar nichts mehr erinnern, nur daran, dass der Notar gesagt hat: *Diese Vollmacht ist nur für das Grundstück gültig. Wenn Sie eine Vollmacht für etwas anders haben wollen, müssen Sie eine andere ausstellen lassen.* Papa fand es, glaub ich, nicht so gut, dass der Notar das gesagt hat.« Die Mutter ging ins Zimmer, stellte sich auf einen Stuhl, und holte oben aus Schrank zwischen ihren Sachen einen kleinen Beutel hervor. Sie blickte hinein und seufzte erleichtert.

»Was ist Mama? Suchst du nach etwas?«

»Nein Omid, es ist nichts. Mir sind nur einige Wertsachen eingefallen. Gut, dass ich sie nicht in den Safe gepackt hatte.«

»Wertsachen? Wem gehören sie denn? Was ist es?«

»Nichts. Im Moment gehören sie noch mir. Steh auf, steh auf. Übermorgen musst du wieder zur Schule. Pack deine Sachen schon einmal, damit du nichts vergisst. Vielleicht gehen wir morgen in den Park oder so, und dann wird es hektisch und du vergisst etwas.«

»Nein Mama. Ich bleibe zu Hause. Ich habe keine Lust auf den Park oder auf sonst irgendetwas. Und für die Schule muss ich auch nichts Bestimmtes einpacken. Außerdem weiß ich ja noch gar nicht ...« Omid beendete den Satz nicht.

Am nächsten Morgen, einem Freitag, ging sein Vater um zehn Uhr morgens aus dem Haus. Kurz vor dem Verlassen der Wohnung sagte er: »Ich habe mich mit einigen meiner Freunde verabredet, um zu einem von ihnen nach Villenhaus zu fahren. Nicht, dass sich jemand Sorgen macht und umhertelefoniert.«

Omids Mutter hate sich mit ihren alltäglichen Dingen beschäftigt. Omid sah fern, hörte Musik und übte sein Flötenspiel und seinen Gesang.

Es war zehn Uhr abends, als Houshang nach Hause kam. Es war ersichtlich, dass es ihm sehr gut ging.

»Hallo, Houshang.«

»Hallo.«

»Soll ich dir etwas zu essen bringen? Wir haben Frikadellen. Die magst du doch so sehr.«

Houshang wankte ein wenig umher. Dann legte er sich aufs Sofa und sagte: »Nein, ich will weder etwas essen noch etwas trinken. Mir geht's so richtig gut. Und nur, damit du es weißt, ich hatte sehr viel Spaß heute – Musik, Gesang und Tanz, ich hab mich richtig gut amüsiert.«

Omids Zimmertür war offen, so dass er alles hören konnte. Sein Vater fragte die Mutter noch nicht einmal, wie es ihr ging. Geht es dir besser? Er kümmerte sich auch nicht um seinen Sohn.

»Übrigens Houshang, du hast die Safetür offen gelassen. Obwohl nichts mehr darin ist, ist es besser, wenn du die Tür zu machst.«

Houshang erhob sich vom Sofa. Er blickte zum Safe und sagte, schäumend vor Wut: »Dann ist sie halt auf. Meinst du etwa, ich habe nicht das Recht, die Tür meines eigenen Safes offen zu lassen?«

»Nein, mir ist dein Safe doch egal. Ich habe doch noch nicht einmal die Schlüssel dazu. Ich sag doch nur, dass es besser ist, wenn du ihn zuschließt. Sonst gar nichts.«

Houshangs Stimme erhob sich erneut: »Der Safe gehört mir. Nur mir allein. Ich hab ihn geleert. Hast du ein Problem damit, dass du andauernd darüber redest? Weißt du was, Frau? Du wirst es auch in hundert Jahren nicht lernen, wie eine Frau mit ihrem Ehemann zu sprechen hat. Oder du weißt es und willst mich mit deinem Verhalten umbringen, um von mir erlöst zu werden.«

»Houshang, beruhige dich. Wenn du schon nicht auf meine Krankheit achtest, dann achte doch wenigstens auf Omid. Ihm geht es nicht gut. Der Arzt hat gesagt, dass er Depressionen hat. Er ist krank. Er wird ein richtiger Stubenhocker. Er hat Angst vor deinem Geschrei. Er hat Angst vor deiner Wut, Houshang. Ich bin nicht so wichtig, Scheiß auf mich, aber bitte, bitte, denke an Omid.«

»Krank? Du bist also krank? Du hast doch nur ein wenig Schwindel gehabt, hast mich eine Million Tuman gekostet und bist jetzt wieder kerngesund. Du schaust mir kerngesund in die Augen und behauptest krank zu sein? Und dieses Kind, vom dem du behauptest, dass es krank ist, das ist nur wegen deines bescheuerten Verhaltens so krank. Er ist verwöhnt, weil du wolltest, dass er lernt, wie es ist frei zu sein, wie es ist frei zu reden und dass man seine Entscheidungen begründen muss. Wir mussten ihm die Unabhängigkeit beibringen, wir durften ihm nichts aufzwingen, wir durften ihm nichts befehlen. Ach Quatsch, keiner von euch beiden ist körperlich krank, ihr habt einen seelischen Schaden und redet nur Schwachsinn.«

Omid stand auf, um ins Wohnzimmer zu gehen. Als er das Gesicht seiner Mutter sah, wurde er unruhig. Ihr ging es sehr schlecht. Er wollte rausgehen, den werten Mann am Kragen packen und ihn anschreien, aber es ging nicht. Dieser werte Mann war sein Vater, und seine Mutter hatte gerade erst Schlimmes durchgemacht. Der Arzt hatte gesagt, dass sie sich nicht aufregen durfte, dass sie Ruhe bräuchte.

Es wurde kein Wort mehr gesprochen.

Die Mutter ging in Omids Zimmer.

Omid ließ nicht zu, dass seine Mutter auf dem Boden schlief. Er selbst schlief auf dem Boden, und seine Mutter im Bett.

Es war sieben Uhr, als Omids Mutter ihn weckte.

»Steh auf, Omid, es ist sieben.«

»Nein Mama, ich bin sehr müde.«

»Steh auf, mein Junge. Werd nicht übermütig.«

Omid stand auf. Seine Mutter sagte nur sehr selten zu ihm, dass er nicht übermütig werden sollte. Das war für sie der schlimmste Tadel.

Nach einer Stunde kam er von der Schule zurück.

»Was ist Omid? Warum bist du nach Hause gekommen?«

»Mir ging es nicht gut, Mama. Mir geht es auch jetzt noch überhaupt nicht gut.«

»Warum, Omid? Hast du heute Morgen etwa deine Tabletten nicht genommen?«

»Doch, Mama. Aber mir geht es sehr schlecht. Ich will nicht unter Leute gehen. Es gibt überhaupt keine Menschen außer dir, zu denen ich gehen sollte.«

»Omid. Warum sagst du so etwas? Außer mir gibt es noch andere Menschen auf der Welt. Was soll das heißen, außer dir gibt es keine Menschen auf der Welt?«

»Es gibt sie nicht, Mama. Außer dir gibt es keinen anderen Menschen auf der Welt. Wenn der eigene Vater, wenn der eigene Ehemann so ist, wie Houshang, dann kann ich mir schon ausmalen, wie die anderen Menschen sind. Wenn dem Menschen, der einem am nächsten ist, nichts mehr wichtig ist, dann muss man nichts mehr sagen. Man muss einen Menschen erst einmal in der eigenen Wohnung, in seinen eigenen vier Wänden finden, und dann erst außerhalb. So gut die Menschen auch sind, sie sind im Endeffekt so wie Houshang, dein Mann und mein Vater. Wenn er schon so ist, wie sollen dann die anderen sein, die keinerlei Verbindung zu mir haben, Mutter? «

»Das ist falsch, Omid. Du machst wirklich einen großen Fehler. Du darfst nicht so denken. Du musst die Menschen mit Güte und Liebe betrachten. Du darfst nicht alle Menschen für schlecht und falsch halten, nur weil ein Mensch wie dein Vater in unserer Familie lebt.«

»Ach lass doch, Mama. Bis wann muss ich so leben? Bis wann willst du mir zeigen, dass alles gut ist, dass es auch gute Menschen gibt, und dass ich mit Gebeten zu Gott gelange? Bis wann willst du beten, damit dein Mann zur Vernunft kommt? Bis wann wartest du auf das Ergebnis all deiner Tränen beim Gebet und all deines Bitten und Bettelns? Was ist passiert? Was ist passiert, Mama? Du bist krank geworden, und er ist gekommen und hat sein Hab und Gut eingepackt und geholt. Er hat dich beleidigt, er hat geschrien, er war aggressiv. Aber du, liebe Mutter, bist weiterhin deiner Pflicht als treue Ehefrau nachgekommen. Er hat geschrien, und du bist ruhig geblieben. Er hat getobt, und du bist ruhig geblieben. Er hat dich beleidigt, und du bist ruhig geblieben. Er hat dich verletzt, und du bist freundlich geblieben. Herzlichen Glückwunsch zu dieser Partnerin, die genau weiß, wie sie zu handeln hat.«

»Omid, du erhebst deine Stimme. Das ist viel zu laut.«

»Ja, Mama. Eine Wunschpartnerin sagt man dazu, eine gute und fürsorgliche Ehefrau. Ja, Mama, du hast die ganze Zeit nur geschwiegen, aber eigentlich hat man dich zum Schweigen gebracht. Man hat dich zum Schweigen gebracht, und du hast weitergemacht wie vorher und es als deine eheliche Pflicht angesehen. Du hast ihn dazu gebracht, so zu handeln, Mama.«

»Omid beruhige dich. Sprich, aber ruhig. Schrei nicht. Werd nicht böse.«

»Mama, du musst lernen zu schreien. Dieser verfluchte Kerl macht mit dir was immer er will und hat noch die Frechheit zu sagen, er sei dein Ehemann. Es macht mich so fertig, es zerstört mich wirklich, wenn ich sehe, wie er dich behandelt, und wie du schweigst. Geh und sprich darüber. Geh und beschwer dich über ihn, sag allen, was er dir antut. Geh und sprich mit jemandem darüber, damit sie ihn zwingen, zur Vernunft zu kommen.«

»Omid, beruhige dich und mach aus einer Mücke keinen Elefanten. Und glaub ja nicht, dass sich etwas ändern wird, wenn ich mich beschwere. Es fehlte nur, dass die Leute wissen, dass ich mich über meinen Mann wegen seiner Alkoholsucht beschwert habe. Dann kann von uns keiner mehr auf der Straße seinen Kopf heben. Ich muss einfach die ganze Zeit auf ihn einreden, damit er selbst zur Besinnung kommt und selbst aufhören will, nicht mit Zwang.«

»Aber es ist doch nicht nur seine Sucht. Es ist auch seine Aggressivität, sein schlechtes Verhalten, seine schlechte Laune, die er an dir auslässt. Außerdem ist es doch egal, wenn die anderen wissen, was bei uns los ist. Wir sollen alles in uns reinfressen und innerlich verglühen, nur damit die anderen nichts davon erfahren. Warum sprichst du nicht rational, Mama?«

»Ich kann doch nicht als Ehefrau irgendwo hingehen und über das schlechte Verhalten und all die privaten Dinge meines Ehelebens reden. Ich hab das Gefühl, du lebst auf einem anderen Planeten. Du weißt ja gar nicht, was hier abgeht, dass du solche Dinge sagst.«

»Doch, ich weiß, was abgeht. Das habe ich in der Schule gelernt, und ich habe Bücher gelesen, und ich lebe auch nicht auf einem anderen Planeten. Warum schaffst du Unterschiede innerhalb der Gesellschaft? Warum sagst du immer: *ich als Frau*? Kannst du mir bitte die Frage beantworten, warum immer gesagt wird, dass der Mensch frei ist, dass er selbst über sein Schicksal entscheiden darf, dass er die Freiheit des Denkens und Handelns und Entscheidens hat, dass man ihn nicht verletzen darf, dass man gut mit ihm umgehen muss, meinst du, wenn man da über den Menschen spricht, spricht man nur über den Mann? Nein Mama, solange du nichts änderst, bleibt alles so, wie es ist. Da bleibt Houshang so, wie er ist. Seine Sucht bleibt so, wie sie ist. Das ganze Gestreite bleibt so, wie es ist. Houshangs Fehlverhalten bleibt so, wie es ist. Und deine Situation bleibt so, wie sie ist. Es sei denn, du änderst als Frau etwas an dir und deiner Situation. Es wird langsam Zeit, ja die Zeit ist wirklich gekommen, da ihr als Frau euch überlegen müsst, dass ihr keine Sklaven seid, keine Knechte, ja ihr habt das gleiche Recht wie ein Mann, ja ihr seid Menschen ohne Joch um den Hals und ohne eine Kette um die Zunge. Oh, Mama, es ist wirklich die Zeit, um diese Männerwelt zu verändern!«

Omids Lippen zitterten. Er hatte nicht mehr die Kraft zu atmen. Er fiel auf das Sofa und sagte ganz ruhig:

»Einmal kommt der Tag, an dem du nicht mehr bist, an dem Omid nicht mehr ist. Dann kannst du, solange du willst, schweigen.«

Vier Monate vergingen. Egal, wie sehr Omids Mutter ihn anflehte, zur Schule zu gehen, er ging nicht. Er war ein richtiger Stubenhocker geworden und vertrieb sich mit Büchern und seiner Flöte die Zeit. Sein Vater kam manche Nächte gar nicht mehr nach Hause. Omid bekam manchmal Anfälle, sodass sein ganzer Körper zitterte. Der Arzt sagte, dass er aus dem Haus gehen müsse, aber Omid entgegnete: »Ich gehe ohne meine Mutter nirgendwohin.« Egal, wie sehr die Mutter ihn anflehte, er hörte nicht auf sie.

Eines abends kam Houshang gegen 23:00 nach Hause. Omid hörte die Stimme seiner Mutter.

»Houshang, unser Junge geht zugrunde. Tu irgendetwas. Kümmere dich wenigstens für einige Monate um ihn. Wenn es ihm wieder gut geht, kannst du machen, was du willst. Er geht auch nicht mehr zu Schule. Es ist kaum mehr was von ihm übrig, Houshang. Bitte kümmere dich zwei, drei Monate um ihn, bitte schenke deinem Sohn ein wenig Zeit deines Lebens, damit er wieder gesund wird.«

»Es ist alles deine Schuld. Warum sagst du mir das? Ich sag dir schon seit einigen Jahren, dass du den Jungen nicht verwöhnen sollst. Seit wie vielen Jahren sag ich dir das schon? Wer hat ihm denn die Flöte gekauft? Ich? Das waren Sie, meine Dame. Egal, was ihm passiert, du bist schuld. Bist mit ihm zum Psychiater gegangen und wirfst ihm überflüssiges Geld in den Rachen. Wenn du ihn gezwungen hättest zu lernen, was der richtige Weg ist, und wie man leben muss, wäre das alles nicht passiert. Wenn er von seinem Vater gelernt hätte, dass man für sein Geld arbeiten muss, dass man sich anstrengen muss, um etwas zu erreichen, wäre das alles nicht passiert.«

»Wie weit bist du nur gekommen, Houshang? Wie weit? Ein Haus, ein Auto, einige Immobilien. Und du glaubst wirklich, dass du etwas erreicht hast? Außerdem hat doch niemand gesagt, dass du dich nicht angestrengt hast. Du hast dich angestrengt und ein Leben aufgebaut. Und dann? Was dann, Houshang? Dann hast du dich angestrengt, um alles Erreichte vor Omid und mir wieder zu zerstören. Schön für dich, dass du dich angestrengt hast. Genieße die Zeit mit deiner Familie, und nicht dass du dein Leben und alles, was du dir aufgebaut hast, zerstörst. Ich sage dir, dass es unserem Sohn nicht gut geht. Bitte lass uns zum Arzt gehen, lass uns ihn wieder heilen. Du suchst nach einem Ziel, dein Sohn sollte das Ziel sein, der ist doch immer zur Hand.«

»Das Ziel allen Unheils bist du doch. Warum nimmst du denn nicht deinen Sohn und fährst mit ihm nach Teheran? Lass ihn dort heilen. Geht doch endlich! Die Kosten dafür wird doch der Idiot Houshang zahlen. Dann geht doch endlich. So werdet ihr von mir erlöst und ich muss mich nicht immer über euch aufregen.«

Omids Mutter erhob die Stimme, und sie zitterte.

»Sollen wir gehen? Nach über zwanzig Jahren Eheleben? Nach alldem, was ich mit dir ertragen habe, deine Taten ausgehalten habe – jetzt soll ich meinen achtzehnjährigen Jungen nehmen und mit ihm aus dem Haus gehen? Ich soll ihn nach Teheran bringen, um ihn zu heilen? Und was machst du dann?«

Omid sprang auf. Die Mutter hatte bisher noch nie so mit seinem Vater gesprochen. Er legte seine Hände an die Schläfen und rief: »Oh, Gott hilf mir!«

»Du lieber Houshang, Herr Ingenieur, Geschäftsführer. Hast du dir schon einmal überlegt, dass du zu deiner Frau seit zwölf Jahren nicht gesagt hast, dass du sie liebst? Dass du deinen Sohn nicht in den Arm genommen hast? Hast du einmal darüber nachgedacht, dass du mit deinen Taten deinen Sohn und mich zerstört hast? Hast du dir einmal überlegt, dass deine Ehefrau wegen deiner Taten einen Schlaganfall hatte? War das meine Schuld? Nein! Es ist ganz alleine deine Schuld. Ich wünschte mir, dass du gelernt hättest, was es heißt, eine Frau zu haben – vor allem eine Frau, die dich so liebt, die dir gegenüber so ehrlich und treu ist. Ich wünschte mir, dass du gelernt hättest, was für eine Ehre es ist, einen achtzehnjährigen Jungen zu haben. Genau dieser Junge, dessen Grab du dabei bist, mit deinen eigenen Händen zu schaufeln, kann für dich, für mich und für alle eine Ehre sein.«

Omids Mutter hatte an Farbe verloren. Houshang war das auch aufgefallen, und als er gesehen hatte, dass sie langsam auf das Zimmer von Omid zuging, schwieg er.

Omids Mutter schloss die Zimmertür.

»Komm Mama, komm auf das Bett. Ich hol dir ein Glas kühles Wasser.«

»Ja, Omid. Ein Glas kaltes Wasser wäre jetzt gut. Aber ich möchte heute Nacht auf dem Boden schlafen.«

»Aber ...«

»Es gibt kein *Aber*. So fühl ich mich besser.«

Omid brachte seiner Mutter das Glas Wasser.

»Omid«, sagte sie, »solange wie ich bete, geh und stell einen Stuhl vor den Schrank – unter den Decken auf der rechten Seite ist ein brauner Beutel. Hol ihn!« Dann führte sie die rituelle Waschung durch und betete.

In dieser Nacht sah Omid seine Mutter mit anderen Augen. Als ob sie ein Stern wäre, der in der Wüste leuchtet. Sie war ohne Schuld und Sünde. Sie war eine Welt voller Liebe. Sie war der Duft aller Blumen.

Er fragte sich: »Warum? Warum hat sie so gehandelt?«

Omid gab seiner Mutter die Beutel, die sie unter ihr Kopfkissen packte bevor sie schlafen ging.

Die Mutter war gerade beim Morgengebet, als Omid erwachte. Ihr Gebet war noch nicht vorüber, da fiel sie zu Boden.

»Mutter, was ist passiert? Warte, ich rufe gleich einen Krankenwagen.«

»Warte, dieser Beutel gehört dir. Alles ist auf deinem Namen und es ist auch alles notariell bestätigt worden. Sieh in die Formulare darin.«

»In Ordnung, Mutter. Alles gehört mir. Aber lass uns jetzt ins Krankenhaus fahren.«

»Willst du überhaupt nicht nachfragen, was in dem Beutel drin ist?«

»Mama, das ist jetzt überhaupt nicht wichtig. Wir müssen jetzt zum Krankenhaus fahren.«

Seine Mutter atmete sehr schwer, sie war ganz bleich im Gesicht. Ihre Augen schienen zu schielen.

»Omid.«

»Ja, Mama«

»Erinnerst du dich, dass wir gewettet haben?«

»Ja, Mama, ich erinnere mich, aber ...«

»Hör zu!«

»Jawohl, Mama.«

»Erinnerst du dich, dass wir gewettet haben, dass du ganz gesund wirst? Ein ganz gesunder Mensch.«

»Ja, Mama. Und jetzt wette ich, dass du ganz gesund wirst.«

»Auf jeden Fall, aber nicht mehr hier. Du hast die Wette gewonnen, denn du wirst auf jeden Fall gesund. Nimm es dir vor, Omid. Wenn du wieder gesund wirst, geht es mir immer gut. Sehr gut. Häng dir den Beutel um den Hals, damit er nicht verloren geht. Pass immer auf dich auf. Vergiss ... ver...giss ... nicht, du ... musst ... wie...der ... gesund werden, Omid.«

Alles war ruhig, als ob die Welt gestorben wäre.

Eine Stille ohne Kraft, aber voller Regung.

Omids Geschrei brach die Stille plötzlich.

»Mama, meine Mama. Nein. Gott, nein. Ich will das nicht. Ich hab dich lieb. Ich will nicht, dass sie geht. Ich mag es nicht, dass sie ohne mich irgendwohin geht. Meine Mama. Oh, Gott.«

Es waren vier Wochen seit dem Tod von Omids Mutter vergangen. Er ist jeden Tag zu ihrem Grab gegangen. Es ging ihm sehr schlecht. Selbst zum Grab zu gehen kostete ihn große Überwindung. Er hatte aufgehört Flöte zu spielen, war meistens in seinem Zimmer und ging wieder zum Arzt.

Er hatte den Beutel um seinen Hals gelöst. Er war bislang nicht auf die Idee gekommen, hineinzuschauen. Dann aber öffnete er ihn.

»Oh, mein Gott, das sind doch die Juwelen von Mama.« Ein Brillantring. Eine goldene Uhr. Eine Kette voller Brillanten und Smaragden. Einige Goldmünzen. Auf einem Stück Papier waren sie alle auf Omids Namen verzeichnet – notariell bestätigt. Omid begann zu weinen, sehr leise.

Es war gegen 20:00, als die Wohnungstür geöffnet wurde. Sein Vater kam.

»Omid komm her, ich will dir jemanden vorstellen.« Omid hängte die Beutel um seinen Hals und kam aus dem Zimmer. Die Beraterin seines Vaters stand bei ihm. »Omid, das ist meine Beraterin aus unserer Firma. Sie wird von nun an öfters hierher kommen, weil ...«

Omid konnte seinem Vater nicht weiter zuhören.

»Diese Frau hat sie ja wohl nicht mehr alle, hierher zu kommen, und nun auch noch öfters.«

Omids Stimme zitterte ganz stark.

»Schämt ihr euch eigentlich nicht? Habt ihr keinen Glauben und keinen Gott? Es sind noch nicht einmal die sechs Wochen Trauerzeit meiner Mutter, die deine Frau war, vorüber. Weißt du, wann die Trauerzeit zu Ende geht? Weißt du, wann die Trauerzeit eines Engels, einer Frau voller Liebe und Geborgenheit, vorüber ist? Weißt du das?«

»Halt deinen verdammten Mund! Wie nimmst du dir das Recht, so mit deinem Vater zu sprechen? Vor einer solchen wohlerzogenen Frau solltest du dich wirklich benehmen.«

»Meinem Vater ... einer wohlerzogenen Frau?« Er ging auf seinen Vater zu und packte ihn am Kragen.

»Weder bist du mein Vater, noch ist diese Tusse eine wohlerzogene Frau. Mein Vater ist schon vor meiner Mutter gestorben. Und eine wohlerzogene Frau war die Frau, die gestorben ist. Verstehst du das? Verstehst du das?« Omid fiel vor den Füßen seines Vaters zu Boden. Sein ganzer Körper zuckte. Die Zuckungen waren so stark, dass er sich nicht mehr bewegen konnte.

Der Psychiater dreht sich zu Omids Vater und sagt: »Omid muss ganz schnell eingewiesen werden. Es wäre besser, wenn Sie ihn nach Teheran bringen. Es ist nötig, dass er in eine psychiatrische Fachklinik eingewiesen wird. Tabletten allein helfen ihm nicht mehr.«

Es war, als ob Houshang das gehört hatte, was er hören wollte. Er rief in der Firma an und sprach mit dem Verwaltungsleiter.

»Bitte mieten Sie ein Auto. Bringen Sie ihn nach Teheran. Lassen Sie ihn einweisen. Warten Sie dort, bis klar wird, was mit ihm passieren wird. Geld spielt dabei keine Rolle. Es ist besser, wenn er in Teheran ist.«

Omid wurde eingewiesen.

Drei Tage später rief der Verwaltungsleiter bei Houshang an: »Es sieht nicht gut aus. Er beschimpft alle, die ganze Zeit. Manchmal sagt er *Mama* und dann weint er stundenlang. Nachts fesseln sie ihn ans Bett, damit er nichts Schlimmes machen kann. Der Abteilungsleiter der Klinik sagt, dass er so wie es um ihn steht, mindestens ein, zwei Jahre in der Klinik behandelt werden muss. Sie müssen ihm Elektroschocks geben und mit

Medikamenten behandeln. Wenn er sich später in der Gruppe normal verhält, kann man hoffen, dass es ihm besser geht. Es gibt allerdings ein Problem. Er hat bislang mit noch niemandem über seine Probleme gesprochen und es ist auch noch nicht klar, warum er das Problem überhaupt bekommen hat. Sie geben ihm aber derzeit Medikamente, mit welchen er nach einiger Zeit beginnen wird, sich zu öffnen. Wenn sie dann wissen, woher das Problem stammt, dann können sie mit der Therapie beginnen.«

»Und wann kommen Sie zurück?«

»Ich werde morgen losfahren. Ich habe die gesamten Kosten des Klinikaufenthaltes für sechs Monate im Voraus bezahlt. Ich habe bestätigt, dass auch alle übrigen Kosten gezahlt werden und habe Ihnen einen Scheck zur Sicherheit dagelassen, damit Sie ihn jederzeit einlösen können. Sie werden Omid ja besuchen kommen, wenn die Kosten dann höher sind, können Sie diese bei Ihren Besuchen bezahlen.«

»Ich werde ihn nicht besuchen. Das werden Sie tun. Alle sechs Monate. Ich habe so viel zu tun, ich habe keine Zeit für solche Dinge. Ich muss mich jetzt ein wenig um mich kümmern, nach all den Problemen und Schwierigkeiten und der Krankheit.«

Omid verbrachte drei Jahre in der Klinik. Nach dem zweiten Jahr wurde er ein wenig ruhiger. Er hatte seinem behandelnden Arzt alles erzählt. Manchmal ging er im Hof des Klinikums spazieren. Er erinnerte sich an seine Mutter. Es war sogar so, dass er zu sich selbst sagte: »Du musst es wollen, Omid! Du musst wieder gesund werden. Du hast es versprochen, Omid. Du hast es versprochen. Weißt du, wem du es versprochen hast? Einem großen Engel auf Erden.«

Eines Tages fragte sein Arzt: »Mein lieber Omid, geht es dir ein wenig besser? Wenn ja, musst du von nun an die Vergangenheit ruhen lassen und an die Zukunft denken.«

»Ach, es ist so komisch, Herr Doktor. Es ist irgendwie alles besser. Und mit der Vergangenheit und der Zukunft komme ich schon zurecht.«

»Komisch? Aber ein wenig geht es dir doch schon besser? Du bist in letzter Zeit doch nur in der Bücherei. Es gibt mittlerweile kaum ein Buch, das du nicht gelesen hast. Und die Krankenschwestern bringen dir doch ständig Bücher über Philosophie und Religion.«

»Das ist richtig, aber gut geht es demjenigen, der mich in diesen Zustand gebracht hat. Derjenige, dessen ganzes Leben sich nur um seine eigenen Bedürfnisse gedreht hat. Schlechte Menschen, denen geht es gut, Herr Doktor. Gut geht es Menschen, die andere Menschen zerstören. Gut geht es Menschen, die ihren Frauen die Köpfe einschlagen, gut geht es Menschen, die das Gesetz dazu ausnutzten, das zu tun, was sie wollen. Nein Herr Doktor, gut geht es mir nicht. Ich lese viel, weil ich sonst niemanden mehr habe, ich habe nur noch die Bücher.«

»Du musst an die Zukunft denken.«

Der Arzt sprach sehr ruhig und behutsam. In seiner Stimme klang Freundlichkeit mit: »Wenn du ewig mit der Vergangenheit leben willst, wird es dir immer schlechter gehen. Du kannst die Vergangenheit doch nicht nach deinen Wünschen verändern. Du hast Recht, es zu wollen, aber du kannst es doch nicht, oder?«

»Leider nicht.«

»Du kannst es doch so gut einteilen und verstehst so gut, dass du es nicht ändern kannst. Dann musst du doch begreifen, dass du dich nicht mit der Vergangenheit beschäftigen, sondern dich auf die Zukunft konzentrieren musst. Wenn du dich an die Vergangenheit kettest, dann bist du immer in einer Hoffnungslosigkeit versunken, dann ist dir alles egal, dann bist du negativ eingestellt. Dann wirst du jemandem wehtun. Wenn du dich an die Vergangenheit kettest, dann wirst du immer in einer Art Dämmerzustand bleiben, dann wirst du immer ruhig bleiben.«

»Wem soll ich denn wehtun, Herr Doktor? Meinem Vater?«

»Nein, Omid. Personen, denen du wichtig bist. Personen, denen deine Gesundheit am Herzen liegt. Damit meine ich deine Mutter, damit meine ich mich, damit meine ich die Krankenschwestern, damit meine ich alle Personen in diesem Krankenhaus, die dich kennen. Es ist ja nicht so, als ob du Gehalt bekommst, als ob du hier arbeitest. Nein. Die Angestellten möchten, dass du gesund wirst, ihnen liegt deine Gesundheit am Herzen. Wenn ein Kranker gesund aus dem Klinikum entlassen wird, dann ist es für uns so, als ob uns die Welt geschenkt wird. – Hat denn deine Mutter dich nicht gebeten, dass du wieder gesund wirst, damit sie – egal, wo sie ist – glücklich und gesund sein kann?«

»Doch«

»Na, was ist denn dann passiert, lieber Omid? Kein Medikament ist besser als dein eigener Wille. Das sage ich dir als Facharzt. Wenn du gesund werden willst, musst du es selber wollen, damit deine Medikamente ihre beste Wirkung auf dich ausüben können. Vielleicht geben wir dir alle zwei Monate eine Spritze, aber wenn du nicht gesund werden willst, wirst du bis an dein Lebensende in deinem derzeitigen Zustand bleiben.«

»Warum soll ich denn gesund werden? Für was? Für wen?«

»Für die Freundschaft, für Geborgenheit, für das Leben. Für die Freude, für dich, für mich, für deine Mutter, für sie, damit du es genießen kannst, wenn du die Sonne siehst, wenn du den Mond siehst, wenn du die Menschen siehst, wenn du Bäume siehst. Damit du ihr Sein und dein eigenes Sein genießen kannst.«

Omid fiel ein Satz ein, den er zu seiner Mutter gesagt hatte. Er konnte sich nicht genau an den Wortlaut erinnern: »Wenn du in deinem Leben und an deiner Situation etwas ändern willst, dann musst du es selber in die Hand nehmen.«

»Was ist passiert, lieber Omid? Du bist so ruhig geworden.«

»Gar nichts, Herr Doktor. Es ist nichts passiert.«

»Sag, je mehr du redest, desto besser.«

»Es ist nicht wichtig genug, um darüber zu reden.«

»Was immer du für wichtig hältst.«

»Mir ist nur ein Satz eingefallen, den ich zu meiner Mutter gesagt habe.«

»Was hattest du gesagt?«

»Ich hab gesagt ... ich kann mich nicht richtig daran erinnern. Aber warum, warum fällt mir das jetzt ein, es war ein wunderbarer Satz, ein sehr schöner Satz. Warten Sie, jetzt ist es mir eingefallen, ja genau, das war es: Wenn du dein Verhalten nicht änderst, dann gibt es bei dir keine Umwandlung.«

»Ich weiß, was dieser Satz meint, Omid. Aber wir unterscheiden uns voneinander. Ich lebe mit diesem Satz und du fürchtest dich vor dem Satz. Du hast das zu deiner Mutter gesagt, und was ist mit dir? Wenn der Satz nicht richtig ist, warum hast du ihn denn zu deiner Mutter gesagt? Wenn er richtig ist, warum hältst du dich dann selbst nicht daran?«

Der Arzt stand ganz langsam auf, lächelte ihm zu, drückte Omids Hand und ging zum Stationsleiter.

»Guten Tag, Doktor«

»Guten Tag, Doktor, was kann ich für Sie tun?«

»Omid, Herr Dokto...«

»Was ist mit Omid?«

Seine Augen füllten sich mit Tränen. In seinem Blick waren Freundlichkeit und Ehrlichkeit, war Leben, war Hingabe, war Menschlichkeit.

Während er weinte, sprach er mit dem Stationsleiter, und am Ende sagte er:

»Omid hat heute den größten Schritt seiner Heilung gemacht.«

»Solche Patienten gehen uns leider meist verloren. Möge Gott Sie schützen, dass Sie Omid zur Gesundheit verholfen haben.«

»Ich bin sehr glücklich, Doktor.«

»Ich bin ebenfalls sehr glücklich und auch sehr dankbar, Kollege.«

Omid erfuhr nichts von dem Gespräch. Drei Monate danach kam der Arzt zu ihm. »Lieber Omid, der Abteilungsleiter der Firma deines Vaters ist gekommen. Er sagt, dass er dich unbedingt sehen müsse. Ich weiß auch nicht, bislang wollte er dich nie sehen. Alle sechs Monate kommt er kurz hierher, zahlt für deine Behandlung, lässt noch zusätzliches Geld bei unserer Finanzabteilung und geht.« Omid versank in Gedanken. *Warum wollte er ihn dieses Mal sehen?*

»Wenn du ihn nicht sehen willst, ist das kein Problem, lieber Omid.«

»Nein, er kann kommen, aber bitte seien Sie bei dem Gespräch anwesend.«

»Warum ich?«

»Nur so.«

»In Ordnung.«

Der Arzt telefonierte und sagte: »Bringen Sie den Herrn bitte in Omids Zimmer.«

Omid wartete.

»Guten Tag, Omid. Wie geht es Ihnen? Ich hoffe, dass es Ihnen besser geht.«

»Guten Tag, danke, gut. Wie kommt es, dass Sie mich sehen und nach meinem Befinden fragen wollten?«

»Ich wollte es eigentlich immer, aber irgendwie war es nie möglich.«

»Wahrscheinlich hat Sie mein Vater geschickt, damit Sie mich fragen, wie es mir geht. Er hat bestimmt Pläne für mich.«

»Nein, Omid. Ihr Vater... Wissen Sie, ich bin eigentlich hier, um Ihnen zu sagen, dass ...«

»Was?«

Der Arzt begriff, worum es ging.

»Bitte kommen Sie doch erst einmal in mein Zimmer, wir sollten uns unterhalten.«

»Natürlich.«

»Bitte, Herr Doktor«, warf Omid ein, »mir geht es besser. Eigentlich bin ich sogar gesund. Bitte lassen Sie ihn aussprechen, was er mir zu sagen hat.«

»Ihr Vater ist vor lauter Sorge wegen dieser Dame gestorben. Zwei Monate nach Ihrer Einweisung hat er die Dame geheiratet. Vor der Hochzeit hat er alles auf ihren Namen überschrieben. Das Haus, das Auto, die Grundstücke, das Inventar des Hauses, alles. Es war, als ob er keinen richtigen Durchblick mehr hatte. Die Dame hatte ihre eigenen Pläne. Vom ersten Tag an hat sie sich um ihre Bedürfnisse gekümmert. Es gab Zeiten, wo sie nach Teheran gefahren ist und tagelang nicht zurückkam. Ihr Vater hat sich über ihre Reisen nach Teheran immer furchtbar aufgeregt. Er war verrückt nach dieser Frau. Er hatte zwei Herzinfarkte. In der Firma sagte man sich, dass alles von der Frau geplant war, um sich den Reichtum Ihres Vaters anzueignen und dann in die USA zu gehen. Man sagt, dass sie einen jungen Freund habe, der in die USA gegangen sei, und sie das alles mit ihm geplant habe, damit er sich in das gemachte Nest setzen könne. Vor drei Wochen haben sich Ihr Vater und die Dame schlimm gestritten. Da hat sie ihren Koffer gepackt, ist nach Teheran gegangen und nicht mehr zurückgekehrt. Vor einer Woche hatte Ihr

Vater im Parkhaus einen Zusammenbruch. Ein schlimmer Schlaganfall. Als er ins Krankenhaus eingeliefert wurde, war alles zu spät. Ich wollte es Ihnen nicht sagen, damit es Ihnen nicht noch schlechter geht. Aber dann dachte ich mir, dass es sehr unmenschlich ist, wenn Sie vom Tod Ihres Vaters keine Ahnung haben. Ich wollte Sie dann anrufen, damit Sie zur Beerdigung kommen können.

Aber die anderen Angestellten der Firma haben das nicht zugelassen.«

Omid war ganz ruhig. Der Arzt blickte Omid intensiv an. »Es war gut, dass Sie es mir gesagt haben. Wo ist die Dame jetzt?«

»Sie ist mit zwei, drei Personen zur Beerdigung gekommen. Ihr ganzes Verhalten war unaufrichtig. Man konnte das in ihrem Gesicht sehen. Und jetzt ist sie im ehemaligen Haus Ihres Vaters.«

»Ehemaliges Haus?«

»Natürlich. Wie schon gesagt, Ihr Vater hat ihr alles überschrieben.«

»Klar, hatte ich vergessen. Auf jeden Fall ... danke, dass Sie es mir gesagt haben.«

Omid stand aufgestanden und ging in den Klinikgarten. »Mein Vater ist tot. Aber warum war er so? Warum hat er so gelebt und warum ist er so von uns gegangen?«

Obwohl Sadegh sehr müde ist, hat er genau zugehört. »Ja, lieber Sadegh. Mein Vater ist gestorben. Er ist so, wie er es wollte, mein Vater geworden und ich bin so, wie er es wollte, sein Sohn geworden. Er ist gekommen, hat ein lächerliches Leben geführt, zwei Menschen geopfert, und ist gegangen. Wie kann es sein, dass Gott solche Menschen erschafft. Warum?«

»Gott erschafft solche Menschen nicht, Omid. Er zeigt ihnen hundert Wege und sie selbst wählen die falschen.«

Omid fährt fort.

»Am frühen Morgen sagte der Arzt im Krankenhaus zu mir: »Omid, weil sie am Anfang der Krankheit nicht auf sich geachtet und Medikamente genutzt haben, bekamen Sie ein Problem.«

»Was für ein Problem?«

»Eine ihrer Nieren ist sehr in Mitleidenschaft gezogen worden. Das heißt, dass sie eigentlich nicht mehr funktioniert. Sie müssen unter ständiger Kontrolle stehen.«

»In Ordnung, Herr Doktor. Mein Schicksal ist es wohl, dass ich nur mit einer Niere leben soll. Bis heute haben mir beide Nieren nichts gebracht. Vielleicht lebe ich mit nur einer besser. Ich bedanke mich auf jeden Fall ganz herzlich bei Ihnen. Ich weiß, dass sie für meine Gesundheit sehr viel getan haben. Ich wünsche Ihnen und ihrer Familie alles Gute.«

»Es ist meine Pflicht gewesen, Omid. Komm mich auf jeden Fall alle zwei Monate und auch immer zwischendurch, wenn du magst, besuchen. Du kannst entweder in meine Praxis oder hierhin kommen. Die Telefonnummer meiner Praxis hast du ja auf meiner Visitenkarte.«

»Herzlichen Dank, Herr Doktor. Ich werde auf jeden Fall zu Ihnen kommen.«

»Viele Medikamente benötigst du nicht. Du musst nur einmal im Monat dieses eine hier injizieren. Du kannst das Rezept immer wieder nutzen. Ich habe dir auch Kapseln verschrieben, wenn es dir mal schlecht geht, dann nimmst du morgens und abends eine.«

»Natürlich, Herr Doktor.«

Um die Rechnung zu begleichen ging Omid dann zur Kasse.

»Omid, freuen Sie sich, dass Sie wieder gesund sind?«

»Ja, es war wohl Schicksal, dass ich, anstatt vom Leichenwagen rausgefahren zu werden, auf meinen zwei Beinen rausspaziere.«

»Ich hoffe, das wird niemals passieren.«

»Wir haben unser Schicksal nicht in unserer Hand, das liegt bei Gott.«

»Omid, das ist ja gerade das Gute daran. Daher können Sie sich ja auch lustig darüber machen.«

»Nein, ich meine das ganz im Ernst. Wie viel muss ich denn jetzt zahlen?«

»Gar nichts. Sie bekommen sogar noch Geld von uns. Der Mann, der immer ihre Rechnungen bezahlte, hat auch noch zusätzlich Geld dazugegeben. Daher muss ich Ihnen noch was zahlen.«

Omid nahm das Geld und verabschiedete sich.

»Ich bin aus dem Krankenhaus gekommen. Doch wohin sollte ich gehen? Ich habe mir gedacht, dass ich mir ein Zimmer mieten könnte. Aber wo? Im Süden der Stadt, wo ich es mir leisten kann. – Ich bin in ein Taxi gestiegen, um dorthin zu fahren, als ein Kankenhausmitarbeiter auf mich zugelaufen kam und mich bat, noch einmal zur Kasse zu gehen.«

»Es ist uns scheinbar ein Fehler unterlaufen.«

Der Leiter der Buchhaltung drehte sich zu Omid um, und sagte: »Jetzt gehen Sie, ohne sich zu verabschieden?«

»Entschuldigen Sie bitte. Wissen Sie, ein Krankenhausaufenthalt von drei bis vier Jahren und jetzt die Ungewissheit, was zu tun ist, lassen einen gewisse Dinge vergessen.«

»Und die Dinge, die Sie uns anvertrauten, haben Sie wohl auch vergessen?« Ihm wurde klar, dass er die Juwelen seiner Mutter meinte.

»Aber wie kommen die Juwelen denn zu Ihnen? Ich hatte ganz vergessen, dass ich diese Juwelen habe. Wer hat sie Ihnen gegeben?«

»Eine der Reinigungskräfte des Krankenhauses. Möge seine Seele in Frieden ruhen. Der alte Mann ist vor zwei Jahren verstorben. Er kam gleich am ersten Morgen nach Ihrer Einlieferung zu mir. Die Juwelen lagen unter Ihrem Kissen. Sie waren gerade beim Röntgen. Ich habe sie mit einem Vermerk versehen und in den Safe gelegt.«

Omid wurde vor Freude fast verrückt. Nicht der Juwelen wegen, sondern wegen eines Mannes, wegen eines Menschen.

»Sie sind wirklich einfach unvorstellbar gütig.«

»Weil ich Ihnen Ihr Hab und Gut zurückgebe?«

»Nein, weil Sie und jene Reinigungskraft so gut sind, Herr.«

»Lieber Omid, ich hab doch nichts gemacht. Ich gebe Ihnen nur Ihr Hab und Gut zurück.«

»Wissen Sie, wie viel diese Juwelen wert sind? Wissen Sie, dass nur Sie wussten, dass sie mir gehören? Wissen Sie, dass ich nicht wusste, wo diese Juwelen sind?«

»Als ich sie archivierte, habe ich den Wert gesehen. Damals hatten Sie einen Wert von ungefähr 10.000.000 Tuman.«

»Das alles wussten Sie?«

»Ja, natürlich. Ich bin schließlich der Leiter der Finanzabteilung, und wenn ich vieles nicht weiß, aber mit Zahlen kenn ich mich aus. Außerdem, was geht es mich an, welchen Wert sie haben? Als ich gehört habe, dass Sie entlassen werden, habe ich gesagt, dass Sie zu mir kommen sollen. Dann wurde mir gesagt, Sie sind schon weg. Da hab ich schnell den Wachleuten gesagt, dass man Ihnen hinterherlaufen soll, damit ich Ihnen Ihre Wertsachen geben kann. Deren Wert geht nur Sie etwas an. Egal wie viel sie wert sind, das geht nur Sie etwas an.«

»Ja, Sadegh, nach den Menschen im Krankenhaus habe ich dann auch noch einen solchen Menschen gesehen, der so ehrlich war. Ich hab zu ihm gesagt: - Sie sind ein wirklicher Buchhalter. Sie haben alles genau berechnet. Sie haben auch die Welt auf der anderen Seite berechnet. Ich weiß nicht, wie ich mich bei Ihnen bedanken soll.

- Sie haben sich schon bedankt. Die netten Worte, die Sie zu mir gesagt haben, sind schon Dank genug. Sie haben sogar in der anderen Welt ein Konto für mich eröffnet. Ich hoffe, dass es Ihnen immer gut gehen wird.

Ich war sehr müde. Ich bin ins Taxi eingestiegen und hier in diese Richtung gefahren. Erst bin ich ein wenig in den Park gegangen. Ich wusste nicht, wie er heißt, und kann mich auch nicht mehr genau erinnern, wo er war. Mir ging es sehr schlecht. Ich hatte starke Schmerzen und das Gefühl von Fieber. Es war ein schlimmes Gefühl. Ganz alleine in Teheran. Wohin sollte ich gehen? Meine Eltern hatten keine Geschwister. Die Eltern meines Vaters waren in die USA ausgewandert. Es wurde niemals von ihnen gesprochen. Als ich ein Kind war, habe ich erfahren, dass die Eltern meiner Mutter bei einem Unfall ums Leben gekommen waren. Ich hatte niemanden – keine Freunde, keine Familie, keine Bekannte. Auf einmal wurde mir schwindelig. Mein Beutel war in meiner Hand und das Geld in dem Beutel.

Als ich meine Augen aufgemacht habe, war ich hier. Nawid und Farid hatten mich hierher gebracht. Diese zwei Personen schliefen auf der rechten Seite. Sie sind schon seit zwei Jahren obdachlos und jeder von ihnen hat seine eigene Geschichte. Ihr Schicksal ist erzählenswert. Sie müssen es dir einmal erzählen.

Mein Beutel lag über meinem Kopf. Ich habe sie sofort zu mir geholt.

- Alles ist an seinem Platz, werter Herr. Keine Angst, wir haben nichts angefasst.

Alles war an seinem Platz.

- Wie heißt du?

- Omid

- Ich bin Nawid. Und dieser Herr, der geholfen hat, dich hierher zu bringen ist Farid. Der dritte im Bunde heißt Ali. Wir sagen zu ihm König Ali, weil er so vergnüglich ist. Er spielt Flöte und singt auch. Er hat eine gute Stimme und kann auch gut musizieren.

- Warum habt ihr mich nicht in ein Krankenhaus gebracht?

- Das wollten wir machen. Als wir aber in deinem Beutel die Juwelen und das Geld sahen, haben wir uns nicht getraut. Wir dachten, dass die uns zur Polizei bringen und wir auch dir Probleme bereiten.

- Warum solltet ihr mir Probleme bereiten?

- Wir wussten doch nicht, woher du die Juwelen und das Geld hast und warum du alles in einer Beutel durch die Gegend trägst.

Ich habe ihnen ganz kurz zusammengefasst, was alles passiert ist. Sie haben mir alles geglaubt. Zu guter Letzt habe ich gesagt: - Ihr führt ein solches Leben, findet eine bewusstlose Person mit einem Beutel voller Geld und Juwelen, und dann bringt ihr sie hierhin und nicht ins Krankenhaus, damit ihr ihr keine Probleme bereitet? Woher kommt ihr bloß und was wollt ihr?

Ich hatte meine Hand in dem Beutel, als Nawid sagte:

- Hol deine Hand wieder raus. Wir benötigen dein Geld nicht. Wenn es uns um das Geld gegangen wäre, hätten wir dich doch nicht hierher gebracht. Wir hätten deinen Beutel genommen und wären abgehauen. Lerne alles genau zu beobachten und dann zu handeln.

Er hatte Recht. Hätten sie das Geld und die Juwelen genommen, hätte das niemand gemerkt, und niemand hätte gewusst, wer dafür verantwortlich war. In den Gesichtern und den Worten dieser drei Personen waren so viel Ehrlichkeit, Wärme und Freundlichkeit, dass ich bei ihnen geblieben bin. Ich wollte nirgendwo mehr hingehen.

Es hat zwei Monate gedauert, bis ich an meine Flöte und an meine persönlichen Sachen gedacht habe.

- Ich muss für zwei, drei Tage in das frühere Haus meines Vaters gehen, sagte ich zu Nawid, und meine persönlichen Sachen abholen.

- Nachdem, was du alles erzählt hast, willst du wirklich dorthin gehen?

- Gibt es noch einen anderen Weg?

- Willst du, dass ich mitkomme?

- Nein, danke. Ich werde meine Sachen in einer halben Stunde einsammeln und zurückkommen.

Es war noch genug von meinem Geld übrig. Ich habe einen Teil davon in den Beutel gesteckt und Nawid gegeben.

- Das lasse ich bei dir.

Nawid hat die Tüte genommen, und ich bin gegangen – geradeaus zum Haus meines Vaters.

Es war ungefähr 18:00. Ich habe geläutet und dann kam die Stimme einer Frau.

- Ja, Bitte!

- Ich bin es, Omid.

- Omid?

- Ja, Omid.

- Warten Sie, ich komme gleich.

Ich erkannte die Beraterin meines Vaters an der stimme. Als sie die Tür einen Spalt geöffnet hatte, habe ich die Tür mit einem kräftigen Stoß aufgemacht und bin reingegangen.

- Was wollen Sie hier?

- Was ich hier will? Es wäre wohl besser, wenn Sie sich fragen würden, was Sie hier wollen. Aber es ist klar, und man sollte daher auch nicht nachfragen. Es ist auch nicht wichtig. Sie sind an ihr Ziel gelangt und haben meinem Vater alles, sogar sein Leben, genommen. Und ich bin gekommen, um meine persönlichen Sachen abzuholen.

Ihrer Kleidung war anzusehen, dass sie gerade aus der Dusche kam. Als ich meinen Satz beendet hatte, trat ein Mann aus dem Schlafzimmer.

- Wer ist es, mein Schatz?

- Das hier ist der Sohn des Verstorbenen.

- Der Sohn des Verstorbenen? Und was will er hier?

Ich habe die Wut in mir gespürt, und wie mein Gesicht gebrannt hat. Mein Herz hat so schnell geschlagen, dass man die Bewegung genau an meinem Brustkorb erkennen konnte.

- Was ich hier will? Ihr beiden Gewissenlosen, was macht ihr hier? Ihr beiden, die ...

Ich hatte den Satz noch nicht beendet, als der Mann mich angriff. Er war stärker als ich, aber ich habe ihn mit aller Kraft weggestoßen. Sein Kopf schlug gegen die Ecke des Kamins, und er blieb dort liegen. Ich nahm schnell meine Flöte und einige meiner Sachen. Die Frau hörte nicht auf zu schreien.

Ich habe die Tür aufgemacht und bin rausgegangen, als zwei Polizeiwagen vor mir parkten. Den Rest der Geschichte kann man sich denken. Ein Toter, ein Mörder, eine Zeugin. Meine Aussage wurde gar nicht beachtet. Ich konnte nichts beweisen, obwohl ich die Wahrheit sagte. Das Bekanntsein meines Vaters mit dieser Frau, sein Verhalten, seine Anhängigkeit, der Tod meiner Mutter, meine Situation, die Heirat meines Vaters mit dieser Frau und die Angelegenheit des Hauses und des Grundstücks und das Auto und die ganzen anderen Dinge waren alle nach Aussage des Richters legal. Außerdem war ein Mord passiert, und ich war der Mörder. Dass ich das nicht gewollt und mich nur verteidigt hatte, wurde doch berücksichtigt. Als der Richter das Urteil verkündete, war ich wie gelähmt.

Acht Jahre Haft!

Ja, lieber Sadegh. Acht Jahre Haft, wegen gar nichts. Wegen eines Vaters, der mir das Ganze eingebrockt hat. Im Gefängnis habe ich nur gelesen. Ich habe alles gelesen, was ich in die Hand bekommen habe. Ein, zwei Stunden am Tag habe ich für mich selbst Flöte gespielt. Nach einiger Zeit, ich weiß wirklich nicht nach wie vielen Monaten, haben die anderen mich dann gebeten, auch für sie zu spielen. Das hat sich immer wiederholt. Ich habe daraufhin ganz vergessen, was draußen vor sich geht. Und dann die Beutel mit den Juwelen – wenigstens würden sie guten Menschen nutzen. Nach acht Jahren bin ich entlassen worden. Doch wohin hätte ich gehen sollen? Ehrlich gesagt, ich wollte gar nicht entlassen werden. Da drinnen gab es wenigstens noch ein paar Personen, mit denen ich mich unterhalten konnte.

Ich hatte mich sogar an die Wächter gewöhnt. Es war lustig Sadegh. Ich bin mit Zwang ins Gefängnis gekommen und bin mit Zwang wieder raus. Ich habe mich an Nawid erinnert. Ich hatte keine andere Wahl. Ich bin dorthin gegangen, wo die anderen waren. Es war gerade Dunkel geworden, dreißig, vierzig Meter, bevor ich ankam, hörte ich schon den Klang der Flöte. Also waren sie immer noch dort. Als Erstes sah Nawid. Er konnte es gar nicht glauben, dass ich es war.

- Omid! Guck mal, Farid. Omid. Omid ist da. Was spielst du die Flöte? Spiel Daf! Spiel Harfe! Spiel Laute! Laute! Spiel Geige!«

Ali fing an zu weinen und umarmte mich. Dann umarmten mich alle.

- Wir sind gestorben, Omid. Wo warst du? Acht Jahre lang. Du untreue Tomate hättest dich mal melden können. Eine Nachricht schicken können.

Ich erzählte ihnen alles.

- Warum hast du denn aus dem Gefängnis keine Nachricht geschickt? Durch einen Wächter oder irgendwie anders.

- Ehrlich gesagt hatte ich Angst, jemanden hierhin zu schicken. Ich hatte Angst davor, dass ihr wegen der Beutel und der Juwelen Problem bekommen könntet.

- Was für Probleme denn?

- Keine Ahnung. Außerdem hätte es sowieso keinen Unterschied gemacht, außer, dass ich euch auch noch traurig gemacht hätte.

Dann sagte niemand mehr etwas. Wir haben zwei, drei Tee getrunken.

Nawid hat dann ganz vorsichtig angefangen:

- Weißt du Omid. Die Beutel, die du uns anvertraut hast. Weißt du, unsere Lage war so. Weißt du ...

Dann ist er unter die Brücke gegangen, hat dort hinter einigen Ziegelsteinen meine Beutel hervorgeholt und sie mir gegeben.

- Wir mussten zwei der Ringe verkaufen. Es war sehr schwer, aber ...

Ich habe ihm das Wort abgeschnitten, ihn umarmt und geküsst.

- Nawid. Diese Beutel gehören uns allen. Was meinst du hätte ich getan, wenn ich da gewesen wäre? Du hast dasselbe getan, was ich getan hätte. Und auch jetzt können die Beutel weiterhin bei dir bleiben.

Ja, Sadegh. Ich bin hier geblieben. Mit diesen drei Personen habe ich eine ganz andere Welt entdeckt.

Einige Monate im Jahr gehen wir auf die Felder im Süden der Stadt und arbeiten dort. Es ist jetzt drei Jahre her, seit ich aus dem Gefängnis entlassen wurde. Wir schlafen nicht in Pappen, auch wenn man uns Pappenschläfer nennt. Wie du siehst, haben wir alle Decken und Kissen, und leben sehr sauber. Wohin sollen wir gehen, wenn es uns hier so gut geht?«

Der Morgen bricht an. Omid weckt die anderen. Sadegh fährt ins Krankenhaus.

Der Chef des Taxiunternehmens ruft an.

»Sadegh, wie geht es Fräulein Rona?«

»Wissen Sie, im Moment ist sie im Krankenhaus. Sara hat uns sehr geholfen. Bitte richten Sie ihr von uns allen herzliche Grüße aus.«

»Das werde ich tun. Aber es war doch nichts Besonderes. Es ist schließlich die Pflicht der Menschen, sich gegenseitig zu helfen. Vor allem, wenn sie die benötigte Hilfe erkennen.«

»Ganz herzlichen Dank.«

»Sadegh, Frau Doktor hat angerufen, damit du sie abholen gehst. Sie hat gesagt, dass sie dich angerufen hat, du aber nicht dran gegangen bist.«

»Das ist richtig, aber mit Ihrer Erlaubnis werde ich, bis Rona nicht entlassen worden ist, hier bei ihr bleiben. Es kann immer etwas passieren. Ich kann meine Mutter hier nicht alleine lassen.«

»Genau so ist es auch richtig, Sadegh. Wenn sie noch einmal bei uns anruft, werde ich ihr das Gleiche ausrichten.«

Vier Tage darauf wird Rona entlassen. »Gott sei Dank ist die Gefahr an ihr vorbei gegangen« sagt die Mutter. Sadegh fährt mit beiden in sein Dorf.

»Liebe Mutter, unsere hübsche Rona ist ja jetzt wieder ganz gesund.«

»Gott möge dich schützen, mein Junge. Ich weiß nicht, was geschehen wäre, wenn du nicht gekommen wärst. Lieber Gott, beschütze meine Kinder.«

Rona hebt ihren Kopf und sagt: »Solange wir meinen Bruder Sadegh haben, haben wir keine Probleme. Außerdem, woher wissen wir eigentlich, dass die Krankheit nicht vom Fernweh nach meinem Bruder stammte?«

»Das ist doch kein Fernweh, Rona. Das ist das Leben. Ich werde bestimmt in einigen Jahren ganz zurückkehren und dann wird uns nichts mehr trennen.«

Sadegh hat Rona und seine Mutter nach Hause gebracht, sich kurz ausgeruht und ist dann wieder losgefahren. Seine Eltern haben ihn angefleht, die Nacht bei ihnen zu bleiben und am Morgen erst zu fahren, aber er hat sich geweigert. Am frühen Morgen erreicht er Teheran und fährt gleich zum Taxiunternehmen.

»Sadegh, heute um 09:00 brauche ich dich für eine Familienangelegenheit.«

»Natürlich. Gerne.«

»Sara muss nach Zandjan fahren. Eine ihrer Freundinnen, die in Zandjan studiert, ist krank geworden und Sara macht sich Sorgen. Ich hab mir gedacht, dass du sie dorthin fahren kannst. Fahrt mit meinem Auto, das fährt sich leichter und ist auch sicherer.«

»Jetzt ist also mein Auto unsicher?«

»Was soll ich dazu sagen. Da ist der Schlüssel meines Autos und das ist die Adresse unserer Wohnung.«

Sadegh macht sich eine halbe Stunde später auf den Weg.

»Guten Tag, Sara.«

»Guten Tag, Sadegh. Entschuldigen Sie bitte, dass Sie mich jetzt fahren müssen.«

»Ach, das ist doch keine Mühe für mich. Ich muss doch sowieso arbeiten, da ist es doch schön, wenn ich für Ihren Vater und Sie arbeite. Außerdem ist es mit ein wenig Abwechslung für mich verbunden. Ich fahre doch ansonsten immer nur in den Straßen Teherans herum.«

»Wie geht es eigentlich Rona?« Sara spricht ihren Namen so voller Liebe aus, dass Sadegh zu zittern beginnt und einen Blick in den Rückspiegel wirft. Er sieht ein freundliches Lächeln auf ihren Lippen.

»Ich habe gefragt, wie es der lieben Rona geht, Sadegh.«

»Ja, ja. Es geht ihr sehr gut. Danke.«

Sadegh schämt sich für seinen Aussetzer.

»Gott sei Dank.«

»Ja, es hat Gott sei Dank etwas gebracht, dass wir sie schnell nach Teheran gebracht haben.«

»Ja. Und Herr Dr. Sorur ist auch wirklich ein hervorragender Arzt.«

»Das ist richtig.«

»Vielleicht gibt es einen solchen Arzt sogar nur einmal, Sadegh. Morgens früh ist er im Krankenhaus, dann fährt er in die Praxis und Abends ist er wieder im Krankenhaus. Sein Leben ist es, Kinder zu heilen. Er ist der Prophet der Heilung der Kinder. Dazu kommt noch, dass das Lächeln niemals von seinen Lippen fällt. Ich hoffe, Gott wird ihm hundert Lebensjahre schenken. Menschlichkeit und Menschenfreude sieht man ihm richtig an. Die Krankenhauskosten sind hoch, nicht wahr?«

»Sara – ja, es ist teuer, aber der Doktor hat uns keinerlei Kosten für sich oder für die anderen Ärzte berechnet. Wir haben nur die Kosten für vier Nächte im Krankenhaus gezahlt und das sogar mit vierzig Prozent Ermäßigung. Daher haben wir nur 120.000 Tuman gezahlt.«

»Aber das ist doch auch nicht wenig.«

»Ja, aber Gott ist groß. Hoffentlich wird niemand krank, aber auch dies ist ein Teil des Lebens.«

»Also müssen wir krank werden?«

»Nein, ich meine damit nicht, dass wir unbedingt krank werden müssen. Ich meine damit, dass, wenn wir krank werden, wissen müssen, was zu tun ist. Was sollen wir sonst tun? Das Leben ist halt so, Sara. Wir wurden geboren, um zu kämpfen, nicht um aufzugeben. Immer, wenn es im Leben Probleme gibt, gibt es auch Lösungen dafür. Die Lösung für Ronas Krankheit war es, sie schnell nach Teheran zu bringen. Wenn der Mensch sich bemüht, dann hilft Gott ihm auch.« Sadegh will noch mehr sagen. Er hat das Gefühl, dass man ihm gerne zuhört und er erzählt auch gerne für seinen Zuhörer.

»Ich habe die gleiche Meinung, Sadegh. Mein Vater genauso. Meine Mutter denkt auch ganz ähnlich. Wissen Sie, ich mag Menschen nicht, die sich immer nur um ihre eigenen Schmerzen und um ihr eigenes Unglück kümmern und sich da reinsteigern. Weder sie mag ich noch ihre Art. Sie reiten sich selbst immer weiter ins Unglück hinein. Und dann ist ihnen alles egal. Es ist so, als ob sie in einer Gesellschaft leben würden, in der man keinerlei Verpflichtungen hat. Wenn man sich so in seiner Umgebung umschaut, sieht man Personen, denen alles egal ist – Menschen, die nur an sich denken, als ob sie kein Teil unserer Gesellschaft wären. Sie möchten, dass sich alle vor ihnen verneigen.«

Sadeghs Telefon klingelt.

»Ja, bitte.«

...

»Guten Tag, Frau Doktor«

...

»Ich bin auf dem Weg nach Zandjan.«

...

»Ja ... nein, heute schaff ich es nicht mehr.«

Sadegh legt auf und versinkt in Gedanken.

»Was ist passiert, Sadegh. Worüber machen Sie sich Sorgen?«

»Es ist nichts. Frau Doktor Sorur besteht darauf, dass nur ich sie fahren muss.«

»Frau Doktor Sorur?«

»Ja, Sie kennen sie doch und wissen, dass ich sie überall hinfahren muss.«

»Ja, ich weiß, aber warum versinken Sie denn in Gedanken? Aber eigentlich geht mich das ja auch nichts an.«

»Wissen Sie, es wirkt so, als ob sie es nicht so schön findet, dass ich Sie jetzt auch die ganze Zeit fahre.«

»Was geht das die denn an, außerdem ...«

»Das mein ich ja auch. Außerdem, was?«

»Außerdem, wenn sie sich in etwas einmischen möchte, soll sie sich lieber um ihren Mann kümmern. Sie hat ihn vor allen so schlecht gemacht, dass alle meinen, dass er ein schlimmer Mensch ist, dabei ist das gar nicht so.«

»Woher wissen Sie das?«

»Denken Sie, Sie wissen das? Wahrscheinlich hat sie ihn bei Ihnen so schlecht gemacht, dass Sie mir nicht mehr glauben.«

»Ja, sie hat einige Male etwas erwähnt, zum Beispiel dass sie sich nicht gut verstehen. Sie hat sogar gesagt, dass sie sich scheiden lassen wolle.«

»Ja, das stimmt, weil es einfach besser ist, dass die Dame sich um ihre eigenen Angelegenheiten kümmert.«

»Was meinen Sie mit ihren eigenen Angelegenheiten?«

»Ach ich weiß nicht, Sadegh. Außerdem geht es uns doch gar nichts an. Ich weiß nur so viel, dass sie über Leichen geht, um an ihre Ziele zu kommen. Sie hat ihren Mann so leiden lassen, dass dieser jetzt sogar in die Scheidung eingewilligt hat. Und dann auch noch dieser liebe und nette Arzt, dessen Verhalten so toll ist, dass man sich gleich in ihn verlieben kann.«

Sadegh guckt Sara auf einmal mit einem ganz bösen Blick durch den Rückspiegel an.

»Ich meine nicht, dass man sich in ihn verlieben kann, ich meinte, dass er sehr nett ist, sehr gut, ein anständiger Kerl, Sadegh. Auf jeden Fall ist er sehr menschlich, wie soll ich es anders ausdrücken.«

Sie kommen in Zandjan an. Sara besucht zu ihrer Freundin gegangen und Sadegh wartet auf sie.

Es ist 13:30, als sie wieder nach Teheran zurückfahren, aber Sara setzt sich nicht mehr hinten ins Auto. Vor dem Losfahren sagt sie: »Hier vorne kann man besser reden, außerdem komm ich mir hinten so blöd vor, als ob Sie mein Fahrer wären.«

Auf dem Weg unterhalten sie sich über Gott und die Welt, sehr freundlich und ruhig, und dann essen sie geimeinsam zu Mittag. Sadegh zahlt.

»Das ist doch nicht richtig so. Warum zahlen Sie denn das Mittagessen?«

»Es gehört sich nicht, dass eine Frau und ein Mann gemeinsam essen gehen und die Frau dafür zahlt.«

»Wirklich?«

»Ach quatsch, nein, es macht doch keinen Unterschied zwischen Frauen und Männern. Ich habe diesmal gezahlt, das nächste Mal kannst du zahlen.«

Sara freut sich sehr, gedutzt zu werden.

»Das nächste Mal?«

»Ich meine damit – nur, wenn es noch einmal vorkommt. Aber davon mal ganz abgesehen, willst du studieren?«

»Ja, Sadegh. Ich bereite mich gerade auf die Hochschulaufnahmeprüfung der staatlichen Universität vor. Die private Universität ist so teuer, das kann mein Vater sich nicht leisten. Ich will Zahnärztin werden, Sadegh.«

»Aber doch nicht dein Vater, dein Vater würde für dich sogar sein Leben hergeben. Du hast wirklich Glück mit diesem Vater.«

»Und du? Du bist mit deinem Vater zufrieden?«

»Ja, Sara. Er ist auch ganz toll. Ich genieße es vor allem, wenn er sich mit meiner Mutter unterhält, seine Art und Weise, selbst wenn er sich über etwas beschweren möchte, tut er das mit einem Lächeln. Meine Mutter ist so lieb, in unserem Haus kommt einem die Liebe und Geborgenheit förmlich entgegen. Und meine kleine Schwester Rona, die bringt Leben ins Haus.«

»Möchtest du für immer im Taxiunternehmen arbeiten?«

»Nein, Sara. Ich möchte einige Jahre arbeiten und dann zurückkehren. Ich will ins Immobiliengeschäft. Das habe ich ein wenig von meinem Vater gelernt. Er hat das auch nebenbei getan. Mein Vater ist ein sehr guter Architekt, und ich glaube, dass wir sehr erfolgreich werden können, wenn wir Seite an Seite arbeiten.«

»So Gott will.«

»So Gott will, dass ich gehe?«

Beide lachen.

»Nein, so Gott will, dass du erfolgreich wirst.«

Sadegh blickt Sara an und sagt: »Für dich ebenfalls. Ich hoffe, du wirst immer erfolgreich sein und immer glücklich und gesund.«

Sara sah Sadegh an, und murmelte leise und ein wenig verschämt: »Herzlichen Dank.« Sadegh zittert wieder.

Als Sara aussteigt, steigt auch er aus.

»Herzlichen Dank, Sadegh. Du bist sehr gut gefahren und zudem hatte ich auch noch einen sehr schönen Tag.«

»Ich will dir die Wahrheit sagen, Sara.«

»Man muss immer die Wahrheit sagen, Sadegh.«

»Ehrlich gesagt war das der schönste Tag, den ich hatte, seitdem ich in Teheran bin. Können wir ...«

»Was können wir, Sadegh?«

»Gar nichts, gar nichts.«

Sadegh steigt ganz schnell wieder ein und fährt zu Omid.

»Hallo, Omid.«

»Hallo, mein lieber Sadegh. Was ist, du bist so aufgeblüht und strahlst?«

»Weil Rona wieder ganz gesund ist und ich sie alle nach Zahedan gefahren habe.«

»Alle? Wer war denn alles da?«

»Na, meine Mutter und Rona.«

»Ach so. Nicht ich habe sie alle gefahren, ich habe meine liebe Mutter und meine liebe Schwester nach Zahedan gefahren. Auf jeden Fall freue ich mich, dass deine liebe Schwester wieder gesund ist.«

»Stimmt, du hast Recht, meine liebe Mutter und meine liebe Schwester.«

»Bravo, lieber Sadegh.«

»Aber es gibt auch noch eine andere Sache.«

Farid fällt ihnen ins Wort.

»Noch etwas? Also hast du verschiedene Baustellen, wegen denen du glücklich bist?«

»Ach, was weiß ich. Die wichtigste Baustelle seid ihr, ihr seid alle so toll.«

»Na, wahrscheinlich hat dein Fernseher einen guten Empfänger. Unserer sendet nämlich nur Probleme und Schwierigkeiten. Du hast vielleicht einen zusätzlichen Kanal.«

»Mach keine Scherze, Farid, ich rede gerade ernsthaft.«

»Ich mache keine Scherze. Wir freuen uns wirklich mit dir mit, wenn es dir gut geht. Jetzt erzähl mal, warum bist du denn so glücklich?«

»Ich bin heute bis nach Zandjan gefahren und wieder zurück.« Auf einmal lacht Farid. Er lacht, und er hört gar nicht mehr auf zu lachen, bis er schließlich sagt:

»Leute, der Herr ist bis nach Zandjan gefahren und wieder zurück gekommen. Und darüber freut er sich so. Was denkt ihr, was er tun würde, wenn er bis nach Los Angeles oder San Francisco fahren würde? Dann kriegt er womöglich einen Herzinfarkt. Man merkt wirklich, dass du vom Land kommst. Nicht, dass du sogar vom Dorf kommst und es uns nicht sagst. Haha, ich bin bis nach Zandjan gefahren und wieder zurück.« Farid lacht weiter.

Sadegh: »Wenn ich gewusst hätte, dass du so darüber lachst, wäre ich schon früher und vor allem jeden Tag nach Zandjan gefahren und zurück gekommen.«

»Ach quatsch, Sadegh. Jetzt ist es aufregend für dich, wenn du noch einige Male mehr fährst, dann haben wir nichts mehr zu lachen.« Nawid kommt, ebenfalls lachend, auf Sadegh zu.

»Sadegh, Farid amüsiert sich köstlich. Immer, wenn einer von uns sich freut, freut er sich so mit. Wenn einer von uns sich freut, ist das für ihn so, als ob man ihm die Welt schenkt.«

»Und was haben Los Angeles und San Francisco mit Zandjan zu tun?« Sadegh fragt mit einem Lächeln im Gesicht. Nawid erzählt es ihm, und dann muss auch Sadegh lachen.

»Daher kommt Farid darauf.«

»Jetzt sag uns doch mal, woher das alles kommt. Warum bist du denn nach Zandjan gefahren?«

Sadegh erzählt es ihnen. Sogar den genauen Wortlaut zwischen ihm und Sara.

Ali sagt: »Das ist der Anfang. So verliebt man sich allmählich, und dann wirfst du dich in ihre Arme. Das ist wie ein Erdbeben mit der Richterstärke zehn. Aber es dauert auch nur einige Sekunden. Und dann ist es passiert. Aber du genießt es dennoch. Es ist eine Zerstörung, die dein Leben lang anhalten wird. – Ja, Sadegh, wenn zwei süße Augen in zwei andere süße Augen blicken, dann kann man nichts machen. Von dem Zeitpunkt, wo diese Augen ineinander geschaut haben, ist es Liebe.« Sadegh umarmt Ali.

»Wie schön du das gesagt hast, Ali. Das war wie ein Gedicht, wie ein Gedicht voller Bedeutung. Wenn man zu euch kommt, geht es einem immer besser. Ihr seid wirklich toll.«

Omids Flöte unterbricht ihr Gespräch. Sie setzen sich zusammen. Sie wollten die ganze Welt umarmen und schreien: »Danke lieber Gott. Danke!« Sie wollten alles Gute in ihr Leben lassen.

Ali beginnt nun auch, zu spielen, und die anderen stimmen singend ein:

Heute abend bin ich
berauscht von einem Traum,
werde den Wein
bis zum Ende trinken,
nehme von ihren Lippen den Wein
werde aufs Gesicht Liebeswasser tröpfeln,
heute abend
werde ich von meinen Augen
Liebesgedichte fließen lassen,
und werde bis morgen
mit Liebe wach bleiben,
als ob ich in einer anderen Welt wäre.
Bin zwischen den Verliebten, ein Prophet,
heute abend
nehme ich die Tulpe vom Garten
und breche die großen Martern,
ich werde in meinen Gedanken
neue Erinnerungen bilden
und werde den Mond mit der Liebe halbieren.
An jenem Abend weiß man nicht, ob sie weinen oder lachen.

Vier Pappenschläfer freuen sich mit Sadegh so sehr, als ob es ihre eigene Freude wäre. An dem Abend hat Sadegh auch bei ihnen übernachtet.

Safa sagt zu Sadegh:

»Herzlichen Dank, lieber Sadegh, dass du Sara gefahren hast. Warum bist du dann nicht mehr hierher gekommen? Sara hat so von eurer Reise geschwärmt. Du hast sie ja auch zum Mittagessen eingeladen, Sadegh.«

»Das ist doch nicht der Rede Wert. Sie haben eine wirklich tolle Tochter. Ehrlich gesagt war ich müde und dann bin ich noch kurz zu meinen Freunden gefahren.«

»Zu deinen Freunden? Du hast bislang noch nie über deine Freunde erzählt. Wer sind sie? Was machen sie? Du musst sehr vorsichtig sein, lieber Sadegh. Hier in Teheran gibt es viele verschiedene Menschen. Du musst sehr vorsichtig sein. Vor allem für euch, die ihr vom Land kommt, ist es sehr gefährlich. Ihr kennt die Gefahren, die auf euch lauern nicht. Ihr seid so brav und ehrlich, dass ihr den Menschen schnell vertraut. Du musst sehr vorsichtig sein.«

»Natürlich, aber auf die muss ich nicht aufpassen. Sie sind so lieb.«

»Du sprichst so, als ob du deine Zeit bei Wellensittichen verbracht hast.«

»Ja. Sie sind wirklich wie Wellensittiche. Ich war bei verliebten Hühnern und habe mit ihnen die Liebe gefeiert.«

Es ist elf Uhr, als Safa sagt: »Sadegh, fahr zu Frau Doktor.«

»Jawohl.«

Frau Doktor steigt ein. Sie wirkt ein wenig benommen. Sie legt ihren Kopf hinter Sadeghs Kopf, sodass er ihr starkes Parfüm in die Nase bekommt.

»Du bist ja eine treulose Tomate, Sadegh. Denkst du nicht, dass man traurig wird? Auch wenn deine Schwester krank war, du hättest ja anrufen können.«

»Ich war sehr beschäftigt.«

»Und gestern hast du Safas liebe Sara nach Zandjan gefahren. Ihr habt euch bestimmt sehr gut amüsiert, wenn du nicht ans Telefon gegangen bist.«

»Ich war auf der Autobahn, und da ist überall die Polizei.«

»Meinst du damit, dass du von frühmorgens bis spät in der Nacht auf der Autobahn warst?«

Sadegh schweigt.

Sie fahren wieder zu diesem Haus gefahren, und nach einer halben Stunde erwacht Frau Doktor zu neuem Leben und kehrt gut gelaunt ins Auto zurück.

»Ich will heute meinen lieben Sadegh zum Mittagessen einladen.«

»Herzlichen Dank, aber ich muss zum Taxiunternehmen zurück.«

»Zum Taxiunternehmen zurück? Warum denn?«

»Ich habe etwas Privates zu erledigen und muss daher zurück.«

»Etwas Privates zu erledigen, oder willst du zu Sara?«

»Zu Sara? Warum sollte ich denn zu Sara?«

»Ja natürlich. Bislang hattest du nie etwas Privates zu erledigen und jetzt auf einmal schon. Wir essen Mittag und dann kannst du zurück.«

Beim Essen spricht Frau Doktor wieder über ihren Ehemann.

»Morgen ist unser Gerichtstermin, dann bin ich endlich frei.«

Sadegh hört nur zu, sagt aber nichts.

»Dann gehört mein Leben endlich nur mir alleine. Aber ich will dann, dass es noch jemanden in meinem

Leben gibt. Weißt du mein lieber Sadegh, noch jemanden. Weißt du, wer dieser noch jemand ist?«

»Nein, woher soll ich das wissen?«

»Du kommst wirklich vom Land. Du bist echt vertrottelt. Du bist der Jemand.«

Sadegh bleibt ruhig, obwohl er ihr zu gerne eine gescheuert hätte.

»Was, ist, warum bist du heute so ruhig?«

»Weil, das was Sie sagen, nicht richtig ist, ich ...«

»Ich ... ich ... wer ist denn dieser ich, Sadegh? Ich will aus dir einen Mann machen. Einen reichen Mann. Mit einem Haus und einem Leben und allem Drum und Dran. Ja, Sadegh. Lass es mich laut aussprechen. Werd ein Mann, werd ein glücklicher Mann. So richtig glücklich.«

Frau Doktor spricht so laut, dass die Leute am Nebentisch genau hören können, was sie sagt.

»Lass es mich laut aussprechen, ich mag dich Sadegh. Damit du mit mir zusammen bist, bin ich bereit alles zu tun. Ich werde dich überall finden. Wegen dir habe ich meine Scheidung vorgezogen, damit wir ab morgen frei sind. Damit du kein schlechtes Gewissen mehr haben musst, dass ich einen Mann habe. Verstehst du Sadegh? Mir war das nicht wichtig, aber ich habe die Scheidung vorgezogen.«

Sadegh schaut sich um. Die Leute starren sie an. Es ist ihm peinlich. Er ruft den Kellner. Frau Doktor holt ihre Brieftasche heraus und gibt sie Sadegh. Sadegh nimmt Geld heraus und zahlt die Rechnung.

»Fahr mich nach Hause. Mit deinem Verhalten habe ich gar keine Lust mehr einkaufen zu gehen. Davon ganz abgesehen fahre ich in zwei Tagen in die USA und werde drei Wochen dort bleiben. Und du sei ein guter Junge, Sadegh. Ich werde dir auch ein schönes Geschenk mitbringen, damit meine ich einige Geschenke. Und dann musst du auch nicht mehr wie eine Maus in einem Zimmer leben, du sammelst dein Zeug ein und kommst wie ein richtiger Mann in ein anständiges Haus.«

Als er zum Taxiunternehmen zurückfährt, denkt er an den Vortag und das gemeinsame Mittagessen mit Sara.

»Es gehört sich nicht, dass eine Frau und ein Mann gemeinsam essen gehen und die Frau dafür zahlt.«

»Ja, es gehört sich nicht, aber diese Frau ist ja nicht DIE Frau.«

Sadegh ist erleichtert, dass Frau Doktor in zwei Tagen auf Reisen geht. Zwei Tage später ruft Safa Sadegh zu sich.

»Sadegh, fahr heute Nacht um eins zu Frau Doktor. Sie fährt zum Flughafen.«

»Um eins?«

»Ja, warum?«

»Weil es sehr spät ist. Kann nicht jemand anderes fahren? Morgen früh muss ich mit Sara nach Zandjan fahren, um ihre Freundin nach Teheran zu bringen. Ihre Mutter ist auf Reisen und ihr geht es immer noch nicht gut.«

»Wer hat denn gesagt, dass du nach Zandjan sollst?«

»Sara hat mich angerufen.«

»Sara? Warum hat sie es denn nicht mir gesagt?«

»Ich dachte, Sie wüssten es.«

Safa nimmt den Telefonhörer in die Hand.

»Hallo. Ist Sara zu Hause? Gib sie mir mal. Guten Tag. Wie geht es Ihnen, Safa?«

»Safa?«

»Ja, Sie sind doch der Leiter des Taxiunternehmens.«

Sara lacht.

»Ach, jetzt verstehe ich, was du meinst. Entschuldige. Du meinst mein Telefonat mit Sadegh. Das ist einfach so passiert und ich hab vergessen, es dir zu erzählen. Er holt mich morgen ab.«

»Nein, wird er nicht.«

»Warum?«

»Er kommt eben nicht.«

»Heißt das, dass Sadegh mich morgen nicht nach Zandjan bringen wird, um meine Freundin abzuholen?«

»Sadegh wird dich nicht nach Zandjan bringen meine Tochter. Aber Sadegh wird dich fahren.«

»Ach Gott. Du ärgerst mich.«

»Vergiss nicht ... von nun an keine Nähe mehr zu den Fahrern des Taxiunternehmens.«

»Zu den Fahrern, Vater?«

»Zu Sadegh.«

»Jawohl, Vater. Ich werde mich dran halten.«

»Ich hoffe, du hältst dich dran, liebe Tochter.«

Er legt auf.

»Diese Kinder mischen sich in die Arbeit ein. Und wenn du etwas sagst, sagen sie, dass sie selbstständig sind. Man muss ein selbstständiges Leben führen. Und nennen ihre Taten unabhängige Jugend. Aber egal, sie sind jung und man muss mit ihnen auskommen. Aber man muss ihnen beibringen, dass man Safa Bescheid geben muss, wenn man sich verabredet, lieber Sadegh.«

»Natürlich.«

»Aber du musst beide fahren. Sowohl Frau Doktor zum Flughafen wie auch Sara nach Zandjan.«

»Jawohl.«

Es ist neun Uhr, als Sadegh sich verabschiedet und nach Hause geht.

Kurz zuvpor sagte Safa, ihn musternd: »So ein guter junger Mann. Was wäre nur, wenn Sara ...« Mitten im Satz hörte er auf, so als ob 100 Personen ihm zuhören würden.

Um Viertel vor eins steht er vor der Tür von Frau Doktor. Frau Doktor bringt wie immer ihren Kopf hinter Sadegh und sagt: »Ich werde dich sehr vermissen, lieber Sadegh. Wenn ich nicht müsste, würde ich nicht fahren. Jetzt bin ich auch geschieden und frei. Jetzt muss ich nur das Geld von unserem gemeinsamen Konto abholen, damit der Herr Doktor Sorur nicht an drankommt. Er hat mir gar nichts gegeben. Nur dieses Haus und zwei Appartments und zwei Immobilien am Kaspischen Meer[5] gehören mir. Alles andere ist auf seinen Namen registriert.«

Sadegh erwidert nichts.

Als sie am Flughafen ankommen steigt er aus und stellt ihre die Koffer so hin, dass der Kofferpacker sie in den Flughafen bringen kann. Frau Doktor kommt auf

[5] Das Kaspische Meer, auch Kaspisee, (Persisch دریای خزر/دریای مازندران, ist der großte See der Erde. Es liegt in West-Asien und im äußersten Osteuropa ohne natürliche Verbindung zu den Ozeanen innerhalb der großen Aralo-Kaspischen Niederung. Im Norden grenzt es an Russland und Kasachstan, im Süden an den Iran, im Westen an Aserbaidjan und im Osten an Turkmenistan.

Sadegh zu, um ihn zu umarmen, aber Sadegh weicht ihr mit einem Schritt nach hinten aus.

»In Ordnung, lieber Sadegh. Ich komme zurück und werde dich so richtig in den Arm nehmen. Ich sags dir nur, damit du es nicht vergisst. Sei ein lieber Junge, sonst ...«

Sadegh fährt schnell zurück, um noch einige Stunden zu schlafen. Er freut sich sehr darauf, Sara am nächsten Tag nach Zandjan zu fahren.

Um sechs Uhr morgens steigt Sara ins Auto.

»Guten Morgen, Sara.«

»Guten Morgen, Sadegh.«

»Wollen wir los?

»Ja. Aber bitte halte irgendwo an, wo wir ein richtig gutes Omelett zusammen essen können.«

»Aber nur unter der Bedingung, dass ich zahlen darf.«

»In Ordnung.«

Auf der Fahrt unterhalten sie sich die ganze Zeit.

»Was gibt es übrigens Neues von Frau Doktor?«

»Sie ist heute nach Amerika geflogen.«

»Ach, dann ruft sie dich nicht mehr an.«

»Ich weiß es nicht.«

»Es wirkt so, als ob du es auch nicht so schlecht findest, wenn sie anruft.«

»So ist es auf gar keinen Fall. Was soll das heißen? Von dir hätte ich so etwas nicht erwartet.«

Sadegh sagt das mit Nachdruck und Sara lächelt. Sie freut sich, dass Sadegh wütend wird.

Nach dem Frühstück fahren sie weiter.

»Übrigens Sadegh, die Universitätseignungsprüfung naht jetzt.«

»So Gott will, wirst du bestehen, liebe Sara. Und dann ...«

Sadegh geht das »liebe Sara« rasch über die Lippen. Zu rasch, wie er findet, und er beißt sich auf die Unterlippe.

»Entschuldigung, ich meinte Sara, nein Sara.«

Sara blickt ihn voller Liebe an und sagt:

»Man sollte immer das sagen, was man wirklich meint und sich nicht dafür entschuldigen.«

Es ist wieder stil. Bis nach Zandjan sagt niemand mehr etwas.

»Sadegh, komm auch mit nach oben, damit du mir helfen kannst, das ganze Zeug von Niloufar mitzubringen. Vielleicht braucht auch sie Hilfe und kann die vier Etagen nicht ohne Hilfe zu Fuß runter kommen. Übrigens, ich hatte dir gar nicht gesagt, wie sie heißt, sie heißt Niloufar.«

»In Ordnung Sara. Ich komme.«

Niloufar hat schon auf sie gewartet. Aber sie ist auch nicht so krank, wie Sara gesagt hat. Sara stellt Sadegh und sie einander vor.

Sadegh macht sich mit Niloufar bekannt und nimmt dann ihren Koffer und ihre Beutel. Auf der Fahrt unterhalten sich Niloufar und Sara. Einige Male flüstern sie einander leise etwas zu. Sadegh ist in seine eigenen Gedanken vertieft, als sie zu Hause ankommen.

»Herzlichen Dank, Sadegh.«

Niloufar bedankt sich ebenfalls:

»Herzlichen Dank, Sadegh.«

»Gerne.«

Niloufar zieht sich zurück, so dass Sadegh und Sara ungestört sind.

»Wann sehe ich dich wieder?«

»Ich weiß nicht. Ich muss morgen wegen einiger wichtiger Sachen zu meinen Eltern fahren, ich werde voraussichtlich übermorgen, nein sicherlich übermorgen zurückkommen.«

»Pass auf dich auf. Fahr vorsichtig.«

»Pass du auch auf dich auf.«

»Bis bald.«

»Bis bald.«

Sadegh fährt zum Taxiunternehmen.

»Guten Tag, Safa.«

»Guten Tag, Sadegh. Bist du hingefahren und wieder zurückgekommen? Sara hat gerade angerufen. Es ging ihr besser, weil sie ihre Freundin nach Teheran gebracht hat. Niloufar ist auch ein sehr gutes Mädchen. Komm setz dich, dann rechnen wir miteinander ab.«

»Was heißt denn das?«

»Keine Angst, ich will dich nicht entlassen.«

»Sie haben das auf so eine Weise gesagt ...«

»Ach Quatsch, ich meinte damit die Fahrten, die du für uns gemacht hast. Acht Mal bist du innerhalb Teherans gefahren und zwei Mal nach Zandjan. Das sind insgesamt um die 24 Stunden. Manchmal bist du mit deinem eigenen Auto gefahren, manchmal mit meinem. Aber das ist nicht wichtig. Bitteschön, Sadegh. Das ist der Betrag für meine persönlichen Aufgaben, alles Ausgaben für Sara.«

»Was soll das denn, Safa. Das werde ich auf gar keinen Fall annehmen. Ich werde doch kein Geld dafür nehmen, dass ich Sara gefahren habe. Das habe ich getan, damit sie ihre Dinge erledigt bekommt.«

»Vergiss nie, junger Mann. Arbeit ist Arbeit. Du hast gearbeitet, also musst du auch das Geld dafür bekommen. Vergiss nie, gut und freundlich sein und jemandem helfen ist die eine Seite, aber seinen Lohn für seine Mühen zu erhalten ist etwas anderes.«

»Aber Safa. Das ist doch etwas anderes. Sara ist doch nicht irgendjemand.«

»Sara ist meine Tochter. Ihre Hin- und Rückfahrt muss bezahlt werden, Sadegh.« Sadegh nimmt das Geld und sagt nichts weiter dazu.

»Übrigens, Safa, wenn Sie nichts dagegen haben, fahre ich zu meinen Eltern. Ich habe etwas Wichtiges zu erledigen.«

»Kein Problem. Wann kommst du zurück?«

»Ich werde in zwei Tagen hin und wieder zurück fahren.«

Sadegh fährt am frühen Morgen los.

Seine Eltern und Rona freuen sich sehr. Als Rona abends schlafen gegangen ist, wendet sich Sadegh an seine Eltern und sagt: »Ich bin gekommen, um euch zu sehen und um euch etwas mitzuteilen.«

»Das hast du gut gemacht Sadegh«, sagt seine Mutter. »Wir haben dich so richtig vermisst.«

»Ach, ich wünschte mir, du würdest zu uns ziehen und hier arbeiten«, entgegnet der Vater.

»So Gott will, Vater.«

»So, dann fang mal an. Worüber willst du mit uns reden?«

Sadegh windet und schämt sich ein wenig.

»Weißt du, Vater ... ich, ich ... ich hab eine junges Mädchen kennengelernt und ...« Seine Mutter versteht gleich, was er will. Sie lächelt ganz lieb und sagt: »Und die du auch sehr gern hast. Ich bin so stolz auf dich, mein Junge. Nun sag, wer ist sie?«

»Die Tochter von Safa, dem Leiter des Taxiunternehmens.«

»Wie heißt sie?«

»Sara.«

»Ach, was für ein schöner Name.« Dann wendet sie sich ihrem Mann zu und sagt: »Sara und Sadegh. Diese zwei Namen passen wirklich gut zueinander. Jetzt steh auf und hol uns Gebäck, damit wir feiern können.«

Sadeghs Vater steht schnell auf.

»Ganz wie Sie wünschen, liebe Frau. Bitteschön. Auf eine solche Nachricht bringe ich alles. Und dann werde ich das Gesicht meines lieben Jungen küssen. Lass mich Rona aufwecken und ihr auch die frohe Nachricht mitteilen.«

»Nein, lass das Kind schlafen. Sie hat heute so viel mit Sadegh gespielt, dass sie müde ist. Wir sagen es ihr morgen.«

Sadegh freut sich sehr über die Reaktion seines Vaters. Sein Vater kommt mit Gebäck und Saft aus der Küche.

»So, dann sag uns mal, wann wir nach Teheran kommen sollen, um mit ihren Eltern zu reden. Was macht Sara eigentlich?«

»Sie bereitet sich auf die Hochschulzulassungsprüfung vor. Sie will Zahnmedizin studieren.«

»Ach du meine Güte. Eine bessere Schwiegertochter kann man sich ja gar nicht wünschen.« Seine Mutter nähert ihren Kopf und flüstert Sadegh lächelnd zu: »Ist sie hübsch, Sadegh?«

Sadegh lächelt.

»Was soll das heißen«, fragt die Mutter, »wann sollen wir nach Teheran kommen, Mann? Morgen, wenn Sadegh nach Teheran fährt, fährst du mit ihm mit.«

»Was soll ich denn dort alleine? Ich werde morgen anrufen und ihnen sagen, dass wir in einigen Tagen nach Teheran kommen werden, um ihre Hand anzuhalten.«

»Ja, das ist besser.«

Sadegh fährt früh morgens in Richtung Teheran los. Er geht kurz zu sich nach Hause und dann zum Taxiunternehmen. Er ist sehr nervös. Was würde passieren? Was würde Safa sagen?

»Guten Tag, Safa.«

»Guten Tag, Sadegh. Bist du gut zurückgekommen?

»Ja, Safa.«

»Dann geh so richtig arbeiten.«

»Jawohl, Safa.«

Sadegh wundert sich. Hat sein Vater Safa etwa nicht angerufen? Bis zum Feierabend ist er aufgewühlt. Gegen zehn Uhr abends ruft sein Vater an.

»Guten Abend, Sadegh.«

»Guten Abend, Vater. Wie geht es dir? Hast du etwa nicht bei Safa angerufen?«

»Doch mein Junge, doch. Ich habe angerufen.«

»Und was ist passiert?«

»Wir haben uns für übermorgen verabredet.«
»Übermorgen?«
»Ja, warum?«
»Dann komme ich morgen nach Hause.«
»Warum?«
»Na, um euch nach Teheran zu bringen.«
»Brauchst du nicht. Deine Onkel werden auch mit ihren Frauen kommen und wir werden alle zusammen fahren.«
»Was ist mit den Großeltern?«
»Wir haben ihnen gesagt, dass sie nicht den ganzen Weg bis nach Teheran kommen müssen und sie haben das akzeptiert.«
»Na, wenn sie es akzeptiert haben, dann ist ja gut.«
»Natürlich.«
»Dann fahrt morgen früh los. Um wie viel Uhr habt ihr euch verabredet?«
»Für nachmittags, so um vier, fünf Uhr.«
»Ich werde euch die Adresse geben und dann dort auf euch warten.«
»In Ordnung, lieber Sadegh.«
»Tschüss, bis übermorgen. Grüße Mutter und küsse Rona von mir, Vater.«
Gleich darauf ruft Sadegh Sara an.
»Hallo Sara. Ich bin es, Sadegh.«
»Gut, dass du dich vorgestellt hast, ansonsten hätte ich dich nicht erkannt.«
»Machst du Witze?«
»Na, ich hab zwei Tage lang deine Stimme nicht gehört. Da musst du dich vorstellen.«
»Wie gehts dir? Du hast doch nicht geschlafen, oder?«

»Mir gehts gut, Sadegh. Wie geht es dir? Bist du nach Hause gefahren und wieder gekommen? Ich habe nicht geschlafen, sondern gelernt.«

»Ich wollte zuerst alles erledigen und dich dann anrufen.«

»Alles? Was meinst du mit: alles erledigen?«

»Alle Dinge, die etwas mit mir und dir zu tun haben.«

»Dinge, die mit mir und dir zu tun haben. Du bist gemein, los sag, was hast du getan?«

»Ich habe meinen Eltern gesagt, dass sie deinen Vater anrufen sollen ...«

»Sie haben angerufen. Ich habe davon gehört.«

»Ich mag dich, Sara.«

»Ich dich auch. Sehr sogar.«

»Warum hat sich dann dein Vater nichts anmerken lassen?«

»Du kennst meinen Vater immer noch nicht. Er ist zwar der Leiter des Taxiunternehmens, aber er ist auch ein Vater und sehr klug.«

»Was ist passiert?«

»Mein Vater ist nach Hause gekommen. Er hat mich vor meiner Mutter nach meiner Meinung gefragt. Er hat mir auch gesagt, dass er dir nichts gesagt hat, weil er erst einmal hören wollte, was seine Tochter denkt.«

»Was hast du gesagt?«

»Hab ich dir doch schon gesagt.«

»Entschuldigen Sie, meine Dame.«

»Entschuldigung angenommen, mein Herr.«

»Also, dann bis übermorgen.«

»Ich ruf dich morgen an.«

»In Ordnung, ruf an. Und wenn du nicht anrufst, ruf ich dich an.«

»In Ordnung, Sara.«

»Schlaf gut, Sadegh.«

»Schlaf gut.«

Alles um ihn herum erscheint strahlend weiß. So, als ob er mitten in Licht versunken wäre. In den Wolken. Ganz hell, ganz glücklich. Er hat ein solch unbeschreibliches gutes Gefühl, so als ob er nie wieder alleine sein müsste. Er hat seine Partnerin gefunden, seine Partnerin, mit der er über alles reden kann. Über all die kleinen und die großen Dinge.

»Die Liebe ist die Quelle der Zukunft.« Er flüstert vor sich hin:

»Die Liebe ist die Quelle des Lichts und die Liebe ist die Quelle des Daseins. Die Liebe ist die Quelle des Lebens.«

Sadegh schläft sehr gut in dieser Nacht und verrichtet danach ein ausgiebiges Morgengebet. Er dankt Gott so sehr, so als ob er ihm den Himmel auf Erden geschenkt hätte.

Irgendwie verschämt, aber glücklich, fährt er ins Taxiunternehmen.

»Guten Morgen.«

»Guten Morgen, Sadegh. Jetzt hinterlässt du also Nachrichten für mich, Sadegh. Aber ich mag deine Förmlichkeit, und dass du die Sitten einhältst. Deine Eltern können sich wirklich glücklich schätzen, einen solchen Sohn zu haben.«

»Herzlichen Dank, Safa.«

»Heutzutage ist alles anders. Die jungen Leute klären erst einmal alles unter sich und sagen dann erst ihren Eltern Bescheid. Bei euch beiden war es allerdings klar. So ist das eben. Ich finde es in Ordnung, wenn die jungen Leute sich in einem richtigen Rahmen kennenlernen und es dann ihren Eltern sagen.«

Sadegh sagt nichts. Er mag Safas Ansichten. Ein Vater, der obwohl er sehr ernsthaft ist, gleichzeitig aber auch versteht, dass man sich erst kennenlernen muss.

»Sehr gut, Sadegh. Wir haben Passagiere nach Karaj.«

Sadegh fährt einen Mann und eine Frau dorthin. Unterwegs klingelt sein Telefon mehrmals. Es ist Frau Doktor, die aus Amerika anruft, denkt er, denn es wird keine Rufnummer angezeigt. Auf dem Rückweg ruft er Sara an.

»Guten Tag, meine liebe Sara.«

»Guten Tag mein lieber Sadegh.«

»Wie gehts dir? Ich bin sehr müde. Ich habe gestern die Nacht durchgemacht und gelernt, Sadegh, und heute Morgen habe ich Niloufar zum Arzt gebracht.«

»Na, und was ist passiert?«

»Ach, gar nichts. Diese Verrückte ist nicht rechtzeitig zu ihren Untersuchungen gegangen und jetzt muss sie sowohl Antibiotika einnehmen wie auch spritzen. Aber Gott sei Dank ist es nichts Schlimmes.«

»Na, Gott sei Dank.«

»Wo bist du?«

»Ich fahre gerade von Karaj zurück.«

»Frau Doktor?«

»Ach, Sara. Was machst du für blöde Scherze. Die ist doch in Amerika.«

»Stimmt, ich habs nur so gesagt.«

»Schau mal, Sara...«

»Komm, dann kann ich schauen.«

»Du bist ganz schön schlagfertig.«

»Na, wenn du beim Telefongespräch sagst, schau mal ... und ich dich auch gerne sehen würde, dann muss ich halt so antworten.«

»In Ordnung, Fräulein Schlagfertigkeit, ich hab auch eine Bitte an dich.«

»Was?«

»Ich möchte mir Klamotten kaufen und du musst mir helfen.«

»Klamotten für ... Ah, ich verstehe. Du willst dir einen Anzug und eine Krawatte kaufen.«

»Einen Anzug, ein Hemd, eine Krawatte, Schuhe und Strümpfe«

»Du sprichst so, als ob du noch nie Kleidung gehabt hättest.«

»Wann gehen wir jetzt einkaufen?«

»Ist sieben Uhr abends gut?«

»Danach gehen wir noch Abendessen.«

»Was mach ich mit Niloufar?«

»Die nehmen wir auch mit.«

»In Ordnung. Ich sags jetzt meiner Mutter und dann ruf ich meinen Vater an und sag ihm, dass wir weggehen.«

»Dann bin ich pünktlich um sieben vor eurer Wohnung.«

Zu dritt gehen sie Einkaufen und dann zum Abendessen, Danach bringt Sadegh die beiden nach Hause. Während des Einkaufens haben sie viel gelacht.

Die Verlobung geht schnell. Sie legen auch gleich den Standesamts-termin fest. Genau zehn Tage später. Zudem legen sie fest, dass die Feier nach dem Standesamt sehr klein und familiär gehalten wird und dass die Hochzeitsfeier dann nach der Hochschuleignungsprüfung von Sara stattfinden soll. Der Hochzeitstermin wird für ungefähr zwei Monate danach geplant.

Es ist neun Uhr morgens als Sadegh zu seinen Freunden geht. Farid springt vor Sadegh und sagt:

»Wie gehts, wie stehts, Sadegh?«

»Du treulose Tomate«, sagt Omid.

Sadegh umarmt Omid, der ein klein wenig gezittert. Nawid und Ali kommen auf Sadegh zu.

»Omid geht es nicht allzu gut. Und wie sehr wir ihm sagen, lass uns zum Arzt gehen, er hört nicht auf uns. Verstehen Sie uns, wenn man krank ist, muss man zum Arzt gehen. Wir würden Ihnen doch niemals sagen, dass Sie zum Arzt gehen sollen, wenn Sie gesund wären. Jeder wird mal krank.«

»Kommt, lasst uns ins Krankenhaus gehen. Ihr müsst auch nicht zu Fuß gehen, ich fahre euch hin und ich bringe euch auch wieder zurück.«

Omid sagt nichts. Nawid packt ihn unter dem Arm und gemeinsam mit Sadegh bringen sie ihn ins Krankenhaus. Der Arzt untersucht Omid und sagt: »Ihr Blutdruck ist sehr niedrig. Ich gebe Ihnen eine Tablette, die Sie morgens und abends nehmen müssen. Die Ergebnisse der Untersuchung bringen Sie mir auch. Sie sind ein wenig schwach, Sie müssen mehr auf sich achten.«

Am nächsten Morgen bringt Sadegh Omid zu den weiteren Untersuchungen.

»Kann ich Sie darum bitten, uns die Ergebnisse der Untersuchungen bis zum Nachmittag zu geben?«

»Alle Ergebnisse kann ich Ihnen nicht bis zum Nachmittag geben, aber die meisten bekommen Sie heute Nachmittag um vier.«

Sadegh bringt Omid zu seinen Freunden zurück und sagt: »Ich hole die Ergebnisse der Untersuchungen um vier ab und dann komme ich und wir fahren gemeinsam zum Arzt.«

Als Sadegh gegangen ist, sieht Nawid Omid an und sagt: »Sadegh mag dich sehr gern, Omid. Wie einen Vater.«

»Mir geht es umgekehrt genauso.«

»Manchmal trifft man Personen auf der Welt, die zu gut für sie sind. Er ist genau wie sein Name. Sadegh.«

»Ich mag ihn auch sehr gerne, wenn er hierher kommt, freu ich mich. Aber er ist so eigen.«

»Was meinst du mit eigen?«

»In seinen Augen ist eine Art von Traurigkeit, so als ob er vor etwas Angst hätte. Er verheimlicht etwas. Ich weiß aber nicht was. Aber egal was es ist, es macht ihn traurig. Das letzte Mal hat er mir von einer Frau Doktor erzählt, da hat man auch gemerkt, dass ihn etwas belastet.«

»Dann sprich doch mit ihm, Omid.«

»Wenn die Gelegenheit zustande kommt, werde ich auf jeden Fall mal mit ihm sprechen.«

Es ist ein Uhr nachmittags, als Sadegh zu ihnen kommt. Alle wundern sich darüber.

»Der Arzt hat gesagt, dass Omid mehr auf sich achten muss und da dachte ich mir, dass wir die nächsten ein, zwei Wochen gemeinsam zu Mittag und auch zu Abend essen können.«

Alle schauen einander an. Omid kann seinen Blick nicht von Sadegh wenden.

»Du bist zu freundlich, Sadegh, aber warum willst du so viel Geld ausgeben?«

»Warum? Weil ich will, dass du gesund und nicht schwach bist, Omid, ich mag es so.«

Farid fällt ihm ins Wort.

»Er mag es halt so, Omid. Und wir können da nichts dran ändern. Seit einiger Zeit mag er ganz viel. Er mag Farid, er mag Nawid, er mag Ali, er mag Sie, er mag alle. Wir sollten seinen Namen auf »Allesmöger« ändern.«

Farid lacht und tanzt dabei.

»Du magst es halt so. Es liegt gar nicht in deiner Hand, so sind deine Gefühle halt.«

Nawid dreht sich zu Farid und sagt: »Du kannst das Lied noch nicht mal richtig.«

Farid hört auf zu singen und dreht sich lachend zu Nawid: »Was für ein Lied meinst du, Nawid?«

Omid lacht und sagt: »Es reicht, Leute. Auf jeden Fall, herzlichen Dank Sadegh, dass du so nett bist. Möge Gott dir immer alles geben, was du von Gott gewollt hast.«

Beim Essen erzählt Sadegh von seiner Verlobung; alle freuen sich mit ihm.

»Dann müssen wir uns in zwei Monaten auf etwas gefasst machen«, sagt Farid. »Sadegh wird uns bestimmt einen Ehrenplatz reservieren.«

Nawid wendet sich an Farid.

»Du bist schon so lange zu keiner Hochzeit mehr gegangen, dass du denkst, du gehst ins Kino oder ins Theater. Bei einer Hochzeit werden doch keine Plätze reserviert.«

Sadegh entgegnet: »Doch, Nawid. Der Platz von euch vier ist an meiner Seite. Zwei von euch neben mir und zwei von euch neben Sara.«

Farid lacht.

»Siehste, Nawid. Jetzt sieht man, dass du lange nicht mehr auf einer Hochzeit warst. Diese Hochzeit ist außerdem anders als die anderen Hochzeiten. Es ist die Hochzeit von Sadegh. Die Hochzeit von dem guten und treuen Freund von Omid, Ali, Nawid und Farid. Auf dieser Hochzeit wird es niemand Besseren geben als uns. Wir sitzen um den Bräutigam und die Braut herum. Wir schreiben auf unsere Plätze: reserviert. Weißt du, was das heißt? Das heißt, dass niemand anderes außer uns dort sitzen kann.«

Omid lacht, und Farid ist wieder glücklich.

Nach dem Mittagessen fährt Sadegh zur Arbeit.

»Ich musste etwas erledigen. Einem meiner Freunde geht es nicht so gut. Ich habe ihn zum Arzt gebracht und heute Nachmittag muss ich noch die Ergebnisse seiner Untersuchungen abholen.«

»Gute Besserung.«

Er ruft Sara an.

»Guten Tag.«

»Guten Tag Sadegh. Wie geht es dir?«

»Mir geht es gut, meine liebe Sara.«

»Es wirkt so, als ob dich etwas beschäftigt.«

»Nein, es ist nichts. Ich bin nur ein wenig müde. Einem meiner Freunde ging es nicht so gut, aber es wird schon wieder.«

»Wer sind denn deine Freunde?«

»Das erzähl ich dir später.«

»Heißt das, du hast ein Problem?«

»Nein Sara, kein Problem. Es ist eine gute Sache, die ich da tue.«

»Wenn du es sagst, wird es so sein. Wollen wir zusammen Abendessen gehen?«

»Ich würde gerne, aber lass mich heute und morgen ein wenig um meine Freunde kümmern. Ich mach es aber wieder gut.«

»In Ordnung Sadegh, wenn du Hilfe brauchst, lass es mich wissen.«

»Natürlich, meine Braut, ich werde Ihnen Bescheid geben, wenn Sie helfen können.«

»Ich liebe dich, Sadegh.«

»Ich dich mehr. Dann bis bald.«

»Tschüss.«

Sadegh geht mit Omid und Nawid ins Krankenhaus. Der Bereitschaftsarzt ist der gleiche wie am Abend davor.

»So, dann lassen Sie mich mal die Untersuchungen sehen.«

Nach einigen Sekunden schüttelt er den Kopf.

»Warum haben Sie denn Blutarmut? Die Ergebnisse des Blutzuckers und des Cholesterins sind normal.«

Omid sagt zum Arzt: »Eine meiner Nieren funktioniert seit Jahren nicht mehr so gut, aber bislang hatte ich keine wirklichen Probleme.«

»Na, da haben wir das Problem doch. Sie haben eine starke Blutarmut. Wenn Sie können, sollten Sie die nächsten sieben acht Tage neues Blut einnehmen. Etwa fünfhundert Milliliter wären sehr gut für Sie. Und Sie sollten viel Fleisch und Leber essen. Ihre Blutgruppe habe ich auch untersuchen lassen, da ist es, Sie haben AB. Wenn Sie wollen, müssen wir Blut besorgen.«

Sadegh sagt sehr ruhig und mit einem Lächeln im Gesicht:

»Ist schon besorgt worden, Herr Doktor.«

»Schon besorgt?«

»Ja, bei mir. Ich habe die gleiche Blutgruppe.«

Omid guckt Sadegh an.

»Was soll das heißen, Sadegh.«

»Das soll heißen, dass ich mich auf die Liege legen werde und der Herr Doktor so viel Blut wie er möchte von mir abzapfen und in deine Adern injizieren wird.«

»Auf gar keinen Fall.«

»Das bestimme ich, Omid, und nicht du.«

»Aber warum?«

»Es wirkt so, dass du sich daran gewöhnt hast, alles zu hinterfragen. In Ordnung, ich werde es dir erklären. Weil du mein Freund bist. Weil ich es mag, wenn mein Freund gesund ist. Weil fünf Personen, von denen einer du bist und einer ich bin, sich darüber freuen werden. Sind das Gründe genug für dich?«

Nawid umarmt Sadegh und küsst ihn.

Der Arzt sagt: »Na, wenn das so ist, kommen Sie bitte ins Nebenzimmer.«

Sie bleiben ungefähr zwei Stunden dort. Sie zapfen Sadegh 500 cc und injizieren es Omid. Dann kehren beide zu den anderen zurück. Als sie aus dem Auto aussteigen sagt Sadegh: »Wartet, ich komme sofort zurück!«

Sadegh besorgt fünf Portionen Spezialkebab und Salat und Joghurt und Getränke.

Abends ruft er Sara an.

»Guten Abend meine Liebe.«

»Guten Abend Sadegh. Was gibt es Neues? Geht es deinem Freund besser?«

Sadegh erzählt sehr zusammengefasst, wie er Omid und die anderen kennengelernt hat und was für eine Krankheit Omid hat.

»Was für eine gute Tat, Sadegh, aber hat das keine Nachteile für dich?«

»Nein, was für Nachteile soll das denn für mich haben? Mein Körper produziert das Blut ganz von selbst nach. Ich muss nur was Anständiges essen.«

»Dann komm zum Essen zu uns. Ich werde meiner Mutter sagen, dass sie jeden Tag etwas Anständiges für dich kochen soll.«

»Das geht nicht, ich muss auch Essen für die anderen mitbringen.«

»Na, dann komm du zu uns und iss hier und nimm für die anderen das Essen mit.«

»Es geht doch nicht, dass deine Mutter für vier Fremde kocht.«

»Doch das geht. Und außerdem, was heißt denn Fremde? Das sind doch deine Freunde. Ich sag es jetzt gleich meiner Mutter. Und du kommst bitte ab morgen zum Mittag und Abendessen hierhin.«

»Und wenn nicht, Sara?«

»Ansonsten heirate ich dich nicht.«

»Du machst Scherze?«

»Wenn ich ernst mit dir rede, akzeptierst du es dann?«

»Immer.«

»Dann rede ich jetzt ernst mit dir, komm ab morgen hierhin. Ich rede ernst, Sadegh.«

»Jetzt rede erst mit deiner Mutter.«

»Ich weiß jetzt schon, was meine Mutter dazu sagt.«

»Was sagt sie?«

»Was geht es mich an, sollen sie doch selber für sich kochen.«

»Wirklich? Das kann ich mir nicht vorstellen.«

»Sie wird sagen, ich liebe meinen Schwiegersohn dafür, dass er so nett ist. Er ist ein wahrer Mann. Und dann wird sie sich darüber freuen, dass du ihr Schwiegersohn geworden bist und für dich beten.«

»Und du?«

»Ich? Ich mach das sowieso schon den ganzen Tag.«

Nach zehn Minuten ruft Safa an.

»Aber junger Mann, spendet man denn in deinem Alter so viel Blut? Denkst du nicht daran, dass du selbst krank werden kannst?«

»Nein, Safa, Blutspenden ist nicht gesundheitsschädlich. Es ist sogar ein tolles Gefühl, wenn man einem anderen Menschen hilft.«

»Wie geht es dir jetzt? Ist dir nicht schwindelig, hast du keinen Schmach?«

»Nein, Safa. Mir geht es sehr gut. Ich werde ihm in vier Tagen noch einmal Blut geben und dann hat es sich erledigt.«

»Also musst du ihm noch einmal Blut geben?«

»Noch einmal.«

»Ich weiß nicht. Du weißt es selber am besten. Auf jeden Fall wirst du ab morgen zum Mittag und Abendessen zu uns kommen.«

»Aber Herr ...«

»Wir haben kein *Aber*, Sadegh.«

»Mittags geht doch nicht, da muss ich arbeiten.«

»Das geht schon in Ordnung.«

»Ganz wie Sie wünschen.«

»Ja, lieber Sadegh.«

Sadegh brint jeden Tag essen für seine Freunde mit und abends geht er zum Haus von Safa. Seine Freunde sprechen die ganze Zeit darüber, wie toll Sadegh ist.

Sadegh bedankt sich sehr bei Saras Mutter dafür, dass sie auch Essen für die anderen kocht. Als zwei Tage seit der ersten Blutspende vergangen sind, geht es Omid schon viel besser.

Die Zeremonie auf dem Standesamt ist ganz schlicht aber sehr schön.

Als Sara ihr Ehegelübde abgibt, treten Tränen in ihre Augen. Bei Sadegh auch. Rona gibt Sara ein kleines Geschenk und sagt: »Kommen Sie später mit Sadegh zu uns.«

Sara küsst Ronas Gesicht: »Ich verspreche es, meine liebe Rona.«

Sara und Sadegh verabreden, dass sie zwei, drei Tage nach der Zeremonie nach einem Appartement in der Nähe von Safa suchen. Seinen Freunden, den Pappenschläfern, erzählt Sadegh von der Zeremonie.

Omid sagt: »Herzlichen Glückwunsch. Aber vergiss nicht uns zu besuchen, oder uns deine Adresse zu geben, damit wir dich besuchen können.«

»Wenn ich eine Wohnung habe, sicher.«

»Übrigens Sadegh, wir müssen diesen Platz auch verlassen.«

»Warum?«

»Ali und Farid können die schlechte Luft hier nicht mehr vertragen und haben seit einiger Zeit einen schlimmen Husten und hatten auch einige Mal hohes Fieber.«

»Wohin wollt ihr gehen?«

»Wir wollen in Richtung Süden oder Westen gehen, ich weiß es noch nicht. Auf jeden Fall müssen wir irgendwohin gehen, wo es eine Landwirtschaft gibt, damit wir sieben, acht Monate im Jahr auch arbeiten können.«

»Und wo wollt ihr dann leben?

»Wo? Na, so wie hier. Im schlimmsten Fall kaufen wir zwei Zelte, damit kommen wir klar, vor allem im Winter und wenn es schneit.«

»Es ist sehr gut, dass ihr Zelte kauft. Zwei große Zelte, in die viel reinpasst, sodass ich euch auch dort besuchen kann.«

»Sicher, Sadegh.«

Sadegh bleibt bis spät abends bei seinen Freunden und geht dann nach Hause.

Er ist nun meistens nach seiner Arbeit bei Sara. Manchmal lernt er auch mit ihr gemeinsam.

Vier Tage nach dem Standesamt liegt er in seinem Zimmer und liest, als das Telefon klingelt. Er glaubt, dass es Sara ist, weil um diese Uhrzeit sonst niemand anruft.

»Ja bitte.«

»Guten Tag mein lieber Sadegh.«

»Sie, sie ... Frau Doktor?«

»Ja, ich bin es. Ich bin gestern Abend zurückgekehrt. Ich dachte, ich erhol mich erst, damit ich fit bin, wenn ich dich anrufe. Wie geht es dir?«

»Gut, herzlichen Dank.«

»Was gibt es Neues bei dir, mein lieber Sadegh.«

»Also, eigentlich nichts Bestimmtes, nur ...«

»Nur was ... Ist etwas passiert?«

»Nein, es ist nichts passiert, es ist keine schlechte Neuigkeit.«

»Eine gute Neuigkeit, dann lass mal hören.«

»Ich habe geheiratet.«

Frau Doktor ist so geschockt, dass sie vergisst zu fragen, mit wem und wann? Es herrscht eine Zeit lang nur Schweigen.

»Du hast also geheiratet? Heißt das, dass du jetzt mit deiner Frau zusammenlebst?«

»Noch nicht. Wir waren nur auf dem Standesamt. So Gott will, werden wir in zwei Monaten feiern.«

»Als du das getan hast, hast du da auch an mich gedacht?«

»Nein, warum an Sie?«

»Ach so, du hast mich wohl noch nicht richtig kennengelernt.«

»Was meinen Sie damit?«

»Ich meine damit, dass es noch nie etwas gegeben hat, was ich wollte und das ich nicht bekommen hätte. Wenn ich es nicht bekomme, dann soll es auch niemand anderes haben, Sadegh.«

»Was meinen Sie mit »Es«?«

Am anderen Ende der Leitung hört man einen lauten Knall, als Frau Doktor ohne Abschiedsgruß den Hörer auflegt. Sie zieht den Stecker kräftig aus der Dose und schmeißt dabei alles, was auf dem Tisch ist, herunter. Sie ist verwirrt. Sie geht wie eine Verrückte in ihrem Zimmer umher. Sie ist wie ein angeschossenes Tier. Sie ist so sauer. Sie denkt nur an eine Sache, die Vernichtung von Sadegh.

Sie denkt gar nicht daran, dass es sie gar nichts angeht.. Es geht um ihren verletzten Stolz. Sie hat schon oft Personen vernichtet, die nicht so gehandelt haben, wie sie es wollte, und jetzt war Sadegh dran.

Sie geht aus dem Haus gegangen und ruft von einer Telefonzelle aus an.

»Amir, bist du es? Hallo.«

»Hallo, warum zittert deine Stimme?«

»Es ist nichts. Hör gut zu, was ich sage.«

»Warte eine Minute, mein Liebling.«

Amir schaltet die Aufzeichnungsmaschine ein.

»Bitte schön, was kann ich für dich tun?«

»Mach ein Paket fertig. Ein richtig großes, anständiges.«

»Wie meinst du das?«

»Pack 250 Gramm Stoff rein, sieben, acht Stück Opium und fünfzig Ecstasy-Pillen.«

»So viel? Willst du ne ganze Fußballmannschaft breit machen?«

»Das geht dich nichts an.«

»Wie du möchtest. Was soll ich damit machen?«

»Sei morgen um zwei, drei Uhr bereit. Setzt dich ab zwei ans Telefon, bis ich dir Bescheid gebe.«

»Und was soll ich tun, wenn du anrufst?«

»Du bist ja richtig dumm, Amir. Ich ruf dich morgen an und dann sag ich dir, was du tun sollst.«

»Ach, jetzt versteh ich.«

»Vergiss nicht, alles zu tun, was ich dir am Telefon sage. Frag nicht.«

»Wie du wünschst, meine Liebe. Aber vergiss nicht, dass du mir dann einiges schuldest.«

Frau Doktor kommt nach Hause, packt einen kleine Beutel gepackt und fährt nach Norden.

Safa ruft Sadegh.

»Mein lieber Sadegh, fahr zu dieser Adresse und komm dann wieder zurück. Wir haben danach einen Kunden, der nach Karaj will.«

»Dann geben Sie mir die beiden Adressen, dann fahr ich da direkt nach dem anderen Kunden hin.«

»Stimmt, hier, und das ist die andere Adresse.«

»Zum Abendessen kommst du doch zu uns, oder, ich meine komm zum Abendessen zu uns!«

»Wie Sie wünschen, Safa.

»Gute Fahrt.«

Sadegh lässt seinen ersten Passagier aussteigen. Er ist kaum losgefahren, da klingelt sein Telefon.

»Guten Tag, Sadegh.«

Es ist Frau Doktor.

»Guten Tag.«

»Kannst du etwas für mich erledigen?«

»Was?«

»Wo bist du jetzt?«

Sadegh sagt es ihr.

»Sehr gut. Fahr bitte zum Tadjrisch Platz[6]. Beim Kino. Da musst du ein Päckchen bei einem Herrn für mich abholen und zu mir bringen.«

»Wer ist der Herr?«

»Das ist nicht so wichtig. Es ist ein großer Mann mit einer cremefarbenen Hose und einem hellblauen Hemd. Er hat einen Bart und eine Sonnenrille.«

»Was ist in dem Päckchen?«

»Das habe ich vorgestern im Flughafen vergessen. Dieser Herr arbeitet beim Zoll am Flughafen und ist ein Bekannter. Ich habe ihn darum gebeten, das Päckchen für mich mitzubringen, aber ich will ihm meine Adresse nicht geben. Er war aber auch selbst nicht allzu begeistert, mir das Päckchen bis nach Hause zu bringen. Du hast dann auch was wirkliches Gut bei mir. Hol nur das Päckchen ab und bring es zu mir.«

---

[6] Tadjrisch is a neighbourhood along the northern edge of Tehran, the capital of Iran. This neighbourhood is one of the oldest parts of Tehran and has lately become popular for the rich because of the low levels of pollution created by the area's favorable location along Tehran's northern hills. Tajrish is situated in the Shemiran Township.

Sadegh weiß nicht, was er tun soll. Aber er denkt bei sich: *Es ist doch nichts dabei, ich hol das Päckchen ab und bring es ihr an die Tür.*

»Hallo, Sadegh?«

»Ja, ja.«

»Hast du verstanden, was ich gesagt habe?«

»Ja, ich habe es verstanden.«

»Komm zu mir und gib dem Hausmeister das Päckchen. Ich habe viel zu tun.«

Sadegh fällt ein Stein vom Herzen, er soll das Päckchen dem Hausmeister geben.

»In Ordnung. Ich bring es.«

Frau Doktor ruft Amir unverzüglich an.

»Hallo, Amir.«

Amir schaltet sein Aufnahmegerät ein.

»Ja, meine Liebe, sag.«

»Bring das Päckchen zum Tajrisch Platz. Warte am Kino. Es kommt ein schwarzer Opel in dem ein junger achtzehnjähriger, neunzehnjähriger Mann drin sitzt. Gib ihm das Päckchen. Nur mach noch etwas.«

»Was?«

»So wie beim letzten Mal. Setzt einen falschen Bart auf. Und eine Sonnenbrille. Eine cremefarbene Hose und ein hellblaues Hemd.«

»Wie du es wünschst, mein Liebling.«

»Los, fahr los. Nicht, dass es zu spät wird. Und dann geh nach Hause und warte, bis ich dir Bescheid gebe.«

»In Ordnung meine Liebe. Und wo sehe ich dich?«

»In Ordnung, morgen oder übermorgen.«

Sadegh ist ein wenig aufgeregt und sagt zu sich:

»Das ist das letzte Mal, dass ich etwas für sie tue. Ich ändere meine Handynummer und sage Safa, er soll sagen, dass ich gar nicht mehr in dem Taxiunternehmen arbeite. Ja, das ist der beste Weg. Mich losreissen von dieser Frau. Der beste Weg.«

Er nimmt das Päckchen an. Den Mann mit einer solch genauen Beschreibung zu finden, war nicht sehr schwer. Er hat den Mann gar nicht mehr angesehen. Er fährt los und biegt in die Hauptstraße ein.

Genau in dem Augenblick, als er in die Park-Straße biegt, halten ihn drei Sondereinsatzkräfte der Polizei auf.

»Steig mit erhobenen Händen aus dem Auto aus.«

Sadegh bekommt fast einen Herzinfarkt.

»Was ist passiert? Warum?«

»Steig aus.«

Er steigt aus. Er weiß nicht, was zu tun ist.

»Dreh dich um, leg deine Hände auf das Wagendach und Beine auseinander.«

Sadegh ist so schockiert, dass er sich nicht bewegen kann.

»Na los. Bist du taub?«

Sadegh dreht sich um. Er legt die Hände auf das Dach und spreizt die Beine. Dann geht alles sehr schnell. Handschellen und Untersuchungshaft.

Ein ungefähr vierzigjähriger Beamter verhört ihn.

»Wohin bringst du dieses Päckchen?«

»Zu Frau Doktor Sorur.«

»Was ist die Adresse?«

Sadegh gibt ihm die Adresse von Frau Doktor.

»Wer hat dir dieses Päckchen gegeben?«

»Jemand vor dem Kino.«

»Wer hat dir gesagt, dass du dahin gehen sollst?«

»Frau Doktor Sorur.«

»Wie?«

»Telefonisch.«

»Auf welcher Nummer?«

»Auf meinem Handy.«

»Um wie viel Uhr?«

»So um 14:30.«

»Woher kennst du diese Frau?«

»Von dem Taxiunternehmen.«

»Heißt das, dass sie dich immer anruft, wenn sie etwas zu tun hat?«

»Nein. Sie ruft das Taxiunternehmen an.«

»Und warum hat sie dich dieses Mal auf dem Handy angerufen?«

»Ich weiß nicht.«

»Wer war der Mann, der dir das Päckchen gegeben hat?«

»Ich weiß nicht. Ich habe ihn noch nie gesehen.«

»Gib mir dein Handy.«

Sadegh gibt dem Beamten sein Handy.

»Wo ist die Telefonnummer von Frau Doktor?«

»Sie ist nicht in meinem Handy eingespeichert.«

»Gib mir ihre Nummer.«

»Ich kann sie nicht auswendig, aber ich glaube am Ende sind die Zahlen 2003.«

Der Beamte ruft die Anruferlisten auf.

»Dich hat gar keine Nummer mit dem Ende 2003 heute angerufen.«

»Vielleicht hat sie von woanders angerufen.«

»Weißt du, was in dem Päckchen drin ist?«

»Nein. Ich habe es nicht geöffnet.«

»Wie viele solcher Päckchen, die du nicht geöffnet hast, hast du bislang rumgefahren?«

»Bis jetzt keins.«

Der Beamte sagt in einem scharfen Ton, während er aufsteht: »Glaub ja nicht, dass du es hier mit Idioten zu tun hast, denen du Lügen auftischen kannst. Ihr jungen Leute seid es, die mit solchen Aktionen das Land in Sucht und Verderben treibt und dann glaubt ihr, dass ihr mit Lügen davonkommt. Entweder du sagst mir die Wahrheit, sodass wir deine Komplizen verhaften können, oder alles Weitere liegt in deiner Hand.«

»Ich weiß gar nicht, wovon sie reden. Was heißt denn Sucht? Was heißt denn Verderben? Ich habe mit solchen Dingen nichts am Hut. Ich bin falsch hier. Diese Frau Doktor hat mir gesagt, ich soll das Päckchen abholen und das habe ich getan.«

»So einfach? Du sagst das so und wir glauben dir? So einfach hast du ein Päckchen abgeholt, in dem 250 Gramm Heroin und acht Opiumstangen und vierzig Ecstasypillen drin sind. So einfach haben sie dir 200-300 Millionen Tuman gegeben? Guck mal, ich werde dir die Wahrheit schon austreiben.«

»Geld? Woher soll ich denn 200-300 Millionen Tuman haben?«

»Das Päckchen wird 300-400 Menschen töten. Verstehst du das, oder stellst du dich weiterhin dumm? Pack aus, gib es zu, aber richtig, damit wir dir etwas anbieten können.«

»Was soll ich denn zugeben?«

»Was? Alles! Mit wem stehst du in Kontakt? Wer ist der Chef eurer Drogenbande? Weißt du, das Beste ist, dass du mir die Wahrheit sagst und ich merke, dass man dich übers Ohr gehauen hat. Aber mit Lügen kommst du nirgendswo hin. Damit reitest du dich nur weiter rein. Wenn du Angst vor deren Rache hast, brauchst du das nicht. Wir passen auf dich auf.«

Zwei Tage läuft es genauso ab. So sehr Sadegh auch beweisen will, dass er nichts getan hat, es bringt nichts.

Die Beamten kontrollieren kontrolliert, was Frau Doktor die letzten Tage so getan hat. Es gibt keinen verdächtigen Telefonanruf und keinen Anruf bei einem Amir.

»Schau, alles was du gesagt hast, war gelogen. Es hat weder eine Frau Doktor bei dir angerufen, noch hat sie jemanden angerufen, damit er dir das Päckchen gibt. Frau Doktor ist noch nicht einmal in Teheran, um so etwas zu tun. Die Frau Doktor, von der du sprichst, ist seit einigen Tagen im Norden. Willst du jetzt mit deinen Lügen aufhören?«

Am dritten Tag ruft Sadegh Sara an.

»Hallo.«

»Hallo Sadegh. Wo bist du? Wir machen uns alle Sorgen.«

»Ich kann am Telefon nicht so lange reden Sara. Man hat mich verhaftet.«

»Verhaftet? Oh mein Gott, warum?«

»Wegen gar nichts.«

»Wo bist du? Auf welcher Polizeiwache? Wo?«

»Ich weiß selbst nicht, wo ich bin. Ich darf im Moment auch keine Besuche empfangen.«

»Warum darfst du keine Besuche empfangen, Sadegh? Was hast du denn getan?«

»Gar nichts.«

Sadegh legt weinerlich auf, weil der Beamte ihm zu verstehen gibt, dass seine Zeit um ist.

Sara schlägt sich immer wieder gegen den Kopf. Ihre Mutter umarmt sie umarmt und gibt ihr ein kühles Glas Wasser.

»Sara, jetzt beruhige dich. Warum schlägst du dich selber? So kommst du doch zu nichts.«

Dann steht sie auf und ruft Safa an.

»Safa, bitte komm nach Hause.«

»Was ist passiert?«

»Nichts, jetzt komm einfach. Ich habe bestimmt etwas Wichtiges, dass ich dich anrufe.«

»Ich komme, ich komme.«

Egal wie sehr Saras Vater versucht, etwas durch seine Beziehungen tun zu können, es ist ohne Erfolg.

»Was meinst du? Sollen wir Sadeghs Vater Bescheid geben?«

Safa ist sehr wütend.

Sara sagt: »Was sollen wir ihm denn sagen?«

»Na, seine Eltern müssen doch wissen, wo ihr Sohn ist und was ihm passiert ist.«

»Wissen wir denn, was passiert ist?«

»Du hast schon Recht. Ich weiß nicht, was ich sagen soll. Egal was ist, er ist unschuldig verhaftet worden.«

Drei Tage später ruft Sadegh gegen neun Uhr morgens Sara an.

»Hallo, Sara.«

»Hallo, mein Schatz. Es tut mir in der Seele weh, wenn ich höre, wenn du so betrübt klingst. Wo bist du?«

»Ich bin im Gefängnis.«

»Im Gefängnis?«

»Ja, mein Gott, im Gefängnis.«

»Wir kommen jetzt.«

»Nein, nein, das ist nicht nötig.« Sara legt auf, ruft ihren Vater an und gemeinsam mit ihrer Mutter brechen sie zu dritt in Richtung des Gefängnisses auf. Es ist schon drei Uhr nachmittags, als sie nach dem ganzen Bitten und Betteln fünfzehn Minuten Besuchszeit erhalten und das auch nur für eine Person. Sadegh sitzt hinter Gittern. Sara umfasst die Gitter weinend und fragt: »Warum?«

Sadegh erzählt ihr alles, weint dabei aber nicht.

»Was passiert jetzt, Sadegh?«

»Ich weiß nicht, Sara.«

»Aber wir alle wissen doch, dass du unschuldig bist.«

»Ja, wir wissen das alle. Aber wenn du ein anständiges Leben führen willst, erhältst du die Antwort darauf so.«

»Aber man darf doch nicht eine solche Antwort erhalten.«

»Doch. Genauso ist es. Ansonsten würde ich wie diese verfluchte Person jetzt ohne Strafe und ohne Probleme ein gutes Leben führen.«

»Was soll ich tun, Sadegh?«

»Was soll das heißen, was soll ich tun?«

»Ich, ohne dich?«

»Ich weiß nicht. Tu, was immer du tun willst.«

»Ich meine damit nicht, was ich tun soll, jetzt wo diese Situation geschehen ist. Ich meine damit, dass es schwer sein wird, ohne dich.«

»Ich hab doch gesagt, in der heutigen Welt ist es nicht gut, ein anständiges Leben zu führen. Aber ich sag dir eins, Sara. Diese Frau, die mir das angetan hat und dieser Mann, der mir das Päckchen gegeben hat, diese beiden müssen noch auf dieser Welt für das was sie mir angetan haben, bestraft werden.«

Der Wächter kommt auf Sadegh zu.

Sara sagt: »Bitte, noch eine Minute. Soll ich es deinen Eltern sagen, Sadegh?«

»Ja, auf jeden Fall. Sie müssen wissen, was los ist, sags ihnen noch heute, Sara.«

Safa schickt rasch eine Nachricht an Sadeghs Vater und bittet ihn, mit seiner Frau nach Teheran zu kommen.

»Was passiert jetzt, Sara?« fragt ihre Mutter.

»Wir müssen warten, bis es zu einer Gerichtsverhandlung kommt.«

Saras Mutter weint nur und fragt:

»Und was passiert, wenn das Gericht nicht glaubt, dass Sadegh unschuldig ist?«

»Ich weiß nicht, Mutter, wir müssen abwarten.«

Sadeghs Eltern erhalten die Erlaubnis, ihren Sohn gemeinsam zu besuchen.

Die Tränen seiner Mutter verhindern ein Gespräch.

»Mutter, deine Tränen bringen nichts. Es ist, wie ein Unfall, wo es einem passieren kann, dass man sich die Arme und die Beine bricht.«

»Ja, mein Sohn, aber ich kann es einfach nicht verkraften, meinen lieben Sohn hinter Gittern zu sehen.«

Sadeghs Vater fragt: »Wann kommt es zur Gerichtsverhandlung?«

»Das ist noch nicht ganz klar. Aber vielleicht in zwei Monaten.«

Der Wärter gibt Sadegh zu verstehen, dass die Besuchszeit um ist. Seine Mutter gibt ihm ein Päckchen.

»Das Päckchen hat Sara für dich mitgegeben. Es sind Dinge drin, die du brauchst. Wenn du noch etwas brauchst, sag es uns, damit wir sie dir das nächste Mal bringen können.«

»Nein, ich brauche nichts.«

Sadegh versucht alles, um seine Unschuld zu beweisen. Der Richter lädt auch Frau Doktor vor, aber sie bestreitet alles.

Für den Richter ist klar, dass Sadegh ein Drogendealer ist.

Sadegh kann auch in seinem letzten Versuch nicht beweisen, dass er unschuldig ist. Seine Eltern sind mit Sara und deren Eltern im Gerichtssaal anwesend. Der Richter verkündet das Urteil: »Sadegh, Sie werden wegen Drogendealerei und in Anbetracht ihres jungen Alters und weil Sie keine Vorstrafen haben, zu fünf Jahren Haft verurteilt. Die Untersuchungshaft wird ihnen dabei angerechnet.«

Es ist, als ob sich der ganze Gerichtssaal dreht, Sadegh ist schwindelig und er blickt verdattert Sara an. Sie weint.

Sechs Monate später:

»Hallo mein Liebling. Wie geht es dir?«

»Gut. Wir haben doch vereinbart, dass wir uns alle zwei Wochen sehen und ständig miteinander telefonieren.«

»Wir müssen eine neue Vereinbarung schließen.«

»Was meinst du damit?«

»Es hat sich etwas Wichtiges ergeben, was ich dir erzählen muss.«

»Was hat sich ergeben?«

»Das kann ich dir nicht am Telefon sagen. Komm heute Nachmittag zu mir, ich muss es dir persönlich sagen.«

»In Ordnung«

»Dann bis später.«

»Bis später.«

Es ist sieben Uhr abends, als Amir Frau Doktor die Tür öffnet.

»Was ist passiert, dass der Herr befohlen hat mich zu sehen?«

»Jetzt komm erst mal rein. Ich geb dir was zu trinken.«

Frau Doktor setzt sich auf das Sofa.

Amir schenkt ihr etwas zu trinken ein.

»Ein wenig stark, das Getränk.«

»Kein Problem. Jetzt sag schon, was gibt es Wichtiges zu bereden?«

»Weißt du, es kommt eines Tages der Zeitpunkt, wo man an sich denken muss. Damit meine ich, dass man mehr an sich selber denken muss. Und ich bin vor einiger Zeit zu dem Entschluss gelangt und habe auch schon einige Vorkehrungen getroffen.«

»Na, herzlichen Glückwunsch. Gibt es eine andere Frau?«

»Nein, mein Schatz, nur dich. Aber nicht so, wie es bislang war.«

»Was meinst du?«

»Damit meine ich, dass ich dir bislang immer umsonst ausgeholfen habe und nun musst du mir aushelfen.«

»Was meinst du damit?«

»Damit meine ich, dass ich nicht mehr mit meinem Leben glücklich bin.«

»Und was soll ich daran ändern?«

»Na, du kannst alles daran ändern. Bislang war ich immer nur der liebe Amir, aber das reicht jetzt.«

»Na, wenn du nicht mehr willst, dann lass es doch.«

»Glaubst du, dass du so einfach davon kommst? Glaubst du wirklich, dass ich einen Unschuldigen ins Gefängnis werfen lasse, nur weil du es so willst, und dann alles vergesse? Nein, dafür musst du bezahlen und nicht zu knapp.«

»Was redest du da, Amir? Bist du verrückt geworden?«

»Nein, ich bin gerade erst vernünftig geworden.«

»Na, herzlichen Glückwunsch.«

»Ja, herzlichen Glückwunsch. Und du musst jetzt für deine Taten zahlen.«

»Was muss ich zahlen? Was redest du für einen Unsinn, Amir?«

»Was ich meine? Dass ich das Päckchen auf deinen Befehl hin dem Jungen gegeben habe.«

»Du kannst niemals beweisen, dass ich dich dazu angestiftet habe. Ich habe nämlich von außerhalb Teherans mit unterdrückter Nummer angerufen.«

»Denkst du, ich bin so blöd und komme mit leeren Händen zu dir und sage so einfach, so jetzt reicht es. Nein, mein Schatz, ich habe doch gesagt, dass ich seit einiger Zeit zur Vernunft gekommen bin.«

Amir holt ein kleines Aufnahmegerät und macht es an. Sie hört ihre Stimme und ihre Worte. Ihre Hand beginnt zu zittern.

»Du verdammtest Arschloch hast meine Stimme aufgenommen?«

Dann macht sie das Aufnahmegerät aus und packt es in ihre Tasche.

»Ich mach dich fertig.«

Amir sagt mit lauter Stimme:

»Wenn es hier ein Arschloch gibt, dann bist du das. Und außerdem, warum steckst du das Aufnahmegerät ein? Glaubst du, es gibt keine weiteren Aufnahmen? Glaubst du wirklich, ich bin so blöd? Du kannst mich nicht fertigmachen.«

»Also hast du noch weitere Aufnahmen?«

»Ja, sowohl hier wie auch im Nebenzimmer. Und unser heutiges Gespräch wird auch gerade aufgezeichnet. Und ab heute weiß auch immer jemand, wo ich bin und was ich tue. Also komm nicht auf falsche Gedanken.«

Einige Sekunden ist sie ruhig und dann sagt sie mit einem Lächeln zu Amir:

»So, mein lieber Amir, jetzt sag mal, was willst du? Du musst mich nicht erpressen, so etwas gibt es doch nicht zwischen uns.«

»Vieles, ein Auto, ein Haus und andere Dinge ...«

»Ein Haus, ein Auto?«

»Hör mir zu. Du wirst genau das tun, was ich dir sage, ansonsten ...«

»Ansonsten was?«

»Warte ab, ich sags dir. Du hast genau einen Monat Zeit. Du verkaufst dein Haus und wirst das Geld auf ein Devisenkonto einzahlen. Im Ausland. Und versuch nicht herauszufinden, wem das Konto gehört. Ab morgen wirst du mich nicht mehr finden. Entweder du tust, was ich dir sage, oder ich werde dem Gericht Beweise für deine Schuld geben.«

»Du hast nichts in der Hand, um mich zu erpressen.«

»Du kannst sagen, was du willst. Entweder du gibst mir das Geld, oder du gehst ins Gefängnis.«

»Du bist doch auch in die Sache involviert.«

»Ja, aber du bist die Anstifterin und die Hauptschuldige, egal wie du es drehst und wendest.«

Sie nimmt ihre Tasche. An der Tür bleibt sie stehen und sagt:

»Ich mach dich fertig.«

»Du kannst nichts tun. Vergiss nicht, du hast einen Monat Zeit. Genau einen Monat. Dann muss das Geld auf meinem Konto sein.«

Frau Doktor knallt die Türe zu und geht nach Hause.

Sie setzt sich erst einmal einen Schuss und legt sich dann hin. Sie hat Albträume. Sie wird in den Albträumen in Handschellen abgeführt, vor Gericht gestellt und ins Gefängnis gebracht. Und sie sieht Sadegh. *Was soll ich nur tun?*

Nach zwei Tagen ruft sie Amir von einer Telefonzelle aus an.

»Hallo.«

»Hallo, mein Liebling.«

»Hast du dich beruhigt, Amir?«

»Ich war doch ganz ruhig. Du hast dich aufgeregt und die Tür zugeknallt. Du hast dich noch nicht einmal verabschiedet.«

»Können wir nicht etwas anders tun?«

»Was?«

»Du kommst zu mir und wir leben zusammen. Du musst auch nie wieder arbeiten.«

»Ich soll zu dir kommen, damit du mich morgen umbringst? Denkst du, ich bin ein kleines Kind, das man verarschen kann? Nein, meine Liebe. Genauso wie ich es gesagt habe und keine Widerworte.«

Amir denkt einige Sekunden lang nach.

»Aber es gibt auch einen anderen Weg. Überschreibe mir das Haus und das Auto und dein Bankkonto läuft auf unser beider Namen. Dann komme ich und lebe mit dir zusammen, aber unter einer Bedingung.«

»Was für eine Bedingung?«

»Dass du mich nicht kontrollierst und ich tun kann, was ich will.«

»Was meinst du damit?«

»Schau, ich bin 25 Jahre jünger als du. Ich werde jemand anderes kennenlernen, mich verlieben ... Wenn du damit einverstanden bist, komme ich zu dir.«

Frau Doktor hat keine andere Möglichkeit.

Nach drei Wochen ist Amir der Besitzer des Autos und des Hauses, hat ein gemeinsames Konto mit Frau Doktor und wohnt bei ihr.

Ein Jahr ist seit Sadeghs Verhaftung vergangen. Sara besucht ihn jede Woche. Das letzte Mal, als sie sich von ihm verabschieden wollte, hat ihr Sadegh einen Brief gegeben.

»Wofür ist dieser Brief, Sadegh?«

»Lies ihn, wenn du Zuhause bist. Aber versprich, ihn erst zu lesen, wenn du Zuhause bist und nicht früher!«

»Was ist es denn?«

»Lies ihn einfach, Sara. Aber versprich es, erst Zuhause!«

»In Ordnung, ich verspreche es.«

Sara beeilte sich, nach Hause zu fahren. Sie legte sich auf ihr Bett und las den Brief.

»Meine liebe Sara, meine geliebte Ehefrau,

im Leben passiert es manchmal, dass man an einer Abzweigung ankommt und nicht weiß, wie man sich entscheiden muss. Doch das muss man. Man muss den Weg gehen, der seinen Mitmenschen und Familienmitgliedern nicht allzu großen Schaden zufügt, und ihnen Glück im Leben wünschen. Ich bin wie die Fliege, die im Netz einer toten Spinne gefangen ist. Ich kann mich selbst nicht aus dem Netz befreien und es ist auch keine Spinne mehr da, die mich erlösen kann.

Hier in diesem Gefängnis, in dem ich unschuldig sitze, wird mein Schmerz immer größer, und ich sehe keinen Weg, mich daraus zu befreien.

Einerseits der Gedanke, unschuldig von meiner Frau getrennt zu sein, und andererseits die Vorstellung, Dich kurz nach unserer Vermählung allein gelassen und dein

Leben vergeudet zu haben. Das lässt mich jede Sekunde leiden.

Manchmal denke ich Tag und Nacht darüber nach, aber ich finde keine Lösung. Auch wenn ich meine ganze Zeit damit verbringe, auf ein gemeinsames Leben mit Dir zu hoffen, so musst Du es in Freiheit ja nicht auch tun. Du bist ein junges Mädchen, das trotz der vielen Probleme die Aufnahmeprüfung der Universität bestanden hat und jetzt im 2. Semester mit guten Noten brilliert. Vielleicht hast Du mir das auch nur gesagt, damit ich mir keine Sorgen mache, denn ich sehe in Dir keine innere Ruhe, mit der Du lernen und weiter gute Noten bekommen könntest.

Du hast immer versucht, mir Hoffnung auf ein besseres Leben zu geben, aber Du weißt selbst, dass fünf Jahre Haft nicht sehr einfach sind, weder für Dich noch für mich. Für mich ist es sehr schwer, weil ich weiß, dass ich unschuldig bin und das lächerliche Schicksal mich hierher gebracht hat, aber warum muss Dein Leben, liebe Frau, so schwer sein? Wenn ich unschuldig in diesen Strudel geraten bin, warum musst Du denn mit in meinen Strudel geraten? Du musst ein glückliches und sorgenfreies Leben führen, denn Du hast es wirklich verdient.

Ich traue mich wirklich nicht, mit Deinem Vater über dieses Thema zu sprechen, daher bitte ich Dich, das zu übernehmen.

Meine liebe Sara:

Mit diesem Schreiben gebe ich mein Einverständnis für eine Scheidung.

Dein Glück war und ist mein größter Wunsch.«

Saras Gesicht ist über und über mit Tränen benässt. Sie weint so stark, dass sie es nicht verstecken kann. Die Mutter hört ihr Geschluchze und kommt ins Zimmer.

»Was ist passiert, Sara? Ist Sadegh etwas passiert? ... Bitte sprich, Sara!«

Sarah gibt der Mutter den Brief, während ihr Schluchzen noch schlimmer wird, bis Mutter und Tochter sich in den Armen liegen und gemeinsam weinen.

Nach einigen Minuten sagt Saras Mutter: »Und jetzt, Sara? Ich meine, was willst du ihm antworten?«

»Was würdest du an meiner Stelle tun?«

»Ich ... ich, Sara? Frag mich nicht, Sara! Du bist mein Kind und das Kind des Mannes, auf den man stolz sein muss. Du musst selber entscheiden. Du alleine. Nur du ganz alleine!« Saras Mutter war überzeugend.

»Dann habe ich eine Bitte.«

»Was ist, mein Mädchen?«

»Sag Papa nichts, bis ich mich entschieden habe.«

»Aber wir müssen es ihm sagen.«

»Natürlich müssen wir es ihm sagen, aber ich möchte mich vorher selbst entscheiden.«

»In Ordnung.«

Nach zwei Tagen besucht Sara ihren Sadegh im Gefängnis. Es war sehr schwierig, einen Termin zu bekommen, aber sie hat so sehr darum gebeten, dass der Gefängnisdirektor schließlich einwilligte und sie Sadegh ihren Brief bringen konnte. Als sie aus dem Haus gehen wollte, hat sie der Mutter noch eine Kopie des Briefes gegeben.

Der Wächter gab ihnen noch nicht mal die Möglichkeit, sich zu begrüßen. Sadegh nimmt den Brief und geht.

Mein lieber Mann,

Dein Brief war voller Liebe, aber am Ende roch er nach Trennung. Lass mich Dir sagen, dass Deine Spinne niemals sterben wird und ich bis an mein Lebensende an Deiner Seite, und an der Seite unseres Glücks bleiben werde. Als ich bei unserer Trauungszeremonie »Ja« gesagt habe, schwor ich bei meinem Gott, dass ich bis an mein Lebensende der Partner an Deiner Seite bleibe, und ich habe gebetet, dass wir immer zusammenleben werden und dass Deine Trauer auch meine Trauer und Deine Freude auch meine Freude sein wird.

Es ist auch nicht nötig, dass ich jemandem etwas sage, weder meinem Vater noch jemand anderem. Was trägst Du denn für eine Schuld, dass Du der Liebe den Rücken kehren willst? Du weißt doch, wie sehr ich Dich liebe. Du solltest besser von mir fordern, dass ich bis zu Deiner Entlassung auf Dich warte, mein lieber Sadegh?

Vier, fünf Jahre sind doch nichts. Unsere Verbindung geht bis an unser Lebensende. Ich habe Deine Liebe doch nicht an der Straßenecke aufgegabelt, dass ich sie so leicht vergessen könnte, dass ich sie so leicht aufgeben könnte. Du bist ein Teil von mir – ein Teil, mit dem ich leben möchte. Deine Güte, Deine Freundlichkeit, Deine Menschlichkeit – all das werde ich auch durch das Gefängnis nicht vergessen. Ich werde Dich auch in den nächsten Wochen besuchen kommen und Du musst mit der Hoffnung auf unser gemeinsames Leben durchhalten, auch wenn es sehr schwer ist, im Gefängnis zu leben.

Unser Glück ist immer mein Wunsch und ich werde immer dafür kämpfen.«

Sadegh weint leise und trägt gleichzeitig ein Lächeln der Hoffnung auf seinen Lippen. Er drückt den Brief an sein Herz und legt sich so schlafen.

Als Sara nach Hause kommt, laufen ihre Eltern auf sie zu.

Ihr Vater spricht mit leiser Stimme, in der Liebe und Freundlichkeit mitklingen.

»Ich hatte auch nichts anderes von dir erwartet.«

Sara geht auf ihre Mutter zu und sagt weinerlich: »Es ist sehr schwer, Mutter. Es ist sehr schwer, Sadegh im Gefängnis zu sehen. Warum ist alles so ungerecht? Warum Sadegh? Es gibt so viele schlechte Menschen, die frei herumlaufen, und dann wird ein junger Mann, der niemandem etwas getan hat, wegen der Gelüste einer Frau in eine solche Situation gebracht. Warum denn nur Gott, warum?«

Die Mutter umarmt Sara. »Niemand kann dir auf deine Fragen eine Antwort geben, mein Kind. Man kann es Prüfung oder Schicksal nennen, aber eine eindeutige Antwort erhältst du nicht.«

Saras Vater unterbricht seine Frau: »Man kann es Gemeinheit und Feigheit nennen, man kann es Dummheit der Richter nennen.«

Sara beschwert sich weinend: »Was ist denn mit mir? Wo bin ich denn hier?«

»Du bist mitten in diesem Ereignis und hast dich doch auch schon entschieden. Es ist die beste Entscheidung, mein Kind. Du beweist die Liebe, und dein Beweis ist eine Ehre für uns.«

»Aber es muss doch jemand zu dieser Frau gehen und ihr sagen, dass ihr Verhalten ein Verbrechen ist. Wie kann man denn einen jungen, unschuldigen Menschen ins Gefängnis werfen? Nur weil diese Tussi ihn gut findet? Man kann das Leben eines Menschen doch nicht zerstören, nur weil man kein Gewissen, keinen Gott und keinerlei Schuldgefühle hat. Nur weil er ein guter und unschuldiger Mensch ist?«

»Es geht, mein Kind. Leider! Und mit dieser Frau zu reden, bringt gar nichts. Denn solche Menschen denken so sehr an ihr eigenes Verlangen und an ihre eigenen Bedürfnisse, dass ihnen das Leben anderer Menschen egal ist.«

»Geh bitte mit Mama und sprich mit ihr!«

»Warum soll ich denn mit ihr sprechen? Was soll ich ihr denn sagen? Bitte bezeugen Sie, dass Sie hinter all dem stecken? Du bist wirklich naiv, Sara. Wenn diese Frau ein wenig Menschlichkeit in sich hätte, wenn sie an irgendetwas glauben würde, dann hätte sie doch so etwas nicht getan.«

»Ich weiß nicht, Mutter. Vielleicht gehe ich selbst eines Tages zu dieser Person.«

»Nein Sara. Das ist gar keine gute Idee, vergiss es!«

Sara geht in ihr Zimmer.

Omid und die anderen haben seit einem Jahr nichts mehr von Sadegh gehört. Sie haben alle Taxiunternehmen der Südstadt abgesucht, aber niemand kannte Sadegh. Sie haben auch einige Taxiunternehmen im Norden der Stadt besucht, aber auch dort kannte ihn niemand. Ali und Farid geht es sehr schlecht. Sie haben eine schlimme Atemwegserkrankung bekommen. Omid hat sie beide ins Krankenhaus gebracht und zahlt die Krankenhausrechnung mit dem Verkauf der Juwelen und Goldmünzen. Nawid und er schaffen es auch nicht mehr, in der Landwirtschaft zu arbeiten. Die meiste Zeit und einige Abende verbringen sie bei Ali und Farid im Krankenhaus.

Eines Tages geht es Ali und Farid sehr schlecht.

Omid wendet sich zu ihnen und sagt lächelnd: »Es reicht jetzt! Ihr habt noch ein bis zwei Tage, um gesund zu werden.«

Farid sagt mit heiserer Stimme: »Wir werden gleich heute entlassen, Omid. Wir haben keine Lust mehr auf das Krankenhaus und die Ärzte und Krankenschwestern. Bitte geh zum Arzt und bitte ihn, uns zu entlassen, damit wir alle zusammen sein können. Wie lange leben wir denn, dass wir vier oder fünf Monate unseres Lebens im Krankenhaus verbringen können.«

Ali führt Farids Worte fort: »Du hast schon Recht, Omid. Wir haben keine Lust mehr, bitte mach was!«

»Aber ihr müsst erst gesund werden. Mit diesem Husten und dem Fieber und eurem Zittern könnt ihr doch nicht entlassen werden.«

»Doch, Omid. Wir wissen, dass ihr alles für uns getan habt. Alles, was möglich war, habt ihr für uns getan. Es ist aber nicht mehr nötig. Und hier tun sie auch nichts anderes, außer uns Medikamente zu geben. Medikamente können wir auch außerhalb des Krankenhauses zu uns nehmen. Es reicht jetzt, Omid. Bitte, es reicht jetzt!«

Omid und Nawid bicken einander an. Nawid sagt mir leiser Stimme: »Omid, wenn die wirklich nur wegen der Medikamente im Krankenhaus sind, die können sie doch auch bei uns Zuhause einnehmen.«

»Aber ...«

»Bitte, sag kein *aber*, Omid!«

»Aber heute geht es nicht.«

»Warum nicht? Wir gehen zur Buchhaltung, zahlen die restlichen Krankenhauskosten und dann gehen wir nach Hause.«

»Weil, na weil ... ich muss noch einige Goldmünzen verkaufen.«

Omid fügt hinzu: »Ich werde das gleich heute tun, und morgen können wir euch abholen.«

In Farids und Alis Augen blitzt es vor Freude. Beide sagen gleichzeitig: »Herzlichen Dank, Omid. Herzlichen Dank.«

Omid kommt aus dem Krankenhaus, und Nawid geht zum Arzt, damit dieser die anderen entlässt. Omid geht zu dem Verkäufer, bei dem er den Schmuck immer verkaufte. Er löst die Beutel mit den Goldmünzen von seinem Hals und sagt: »Ich habe einige Goldmünzen zum Verkauf.« Dann bindet er sich die Beutel wieder um.

Der Händler nimmt die Münzen. »Lassen Sie mich die anschauen. Sie haben scheinbar viele Goldmünzen.« Dann geht er nach hinten. Es dauert um die sieben, acht Minuten. Der Händler ist noch nicht wieder zurück, als drei Polizisten eilig in den Laden kommen und Omid ganz schnell unter die Arme greifen.

»Rede nicht, komm mit uns mit!«

»Wohin? Warum?«

»Wohin und warum, wirst du später erfahren. Los, komm mit!«

»Aber warum?«

»Das sagen wir dir später.«

Als sie auf der Polizeiwache ankommen, steckten sie Omid in einen Raum. Nach drei Stunden kommt jemand herein und fragt: »Woher hast du die Goldmünzen?«

»Die Münzen hat mir meine Mutter gegeben.«

»Wo ist deine Mutter?«

»Sie ist tot.«

»Wie hat sie dir denn dann die Münzen gegeben?«

»Vor ihrem Tod.«

»Vor ihrem Tod?«

»Ja, vor ihrem Tod. Ich habe auch eine Bestätigung, dass sie mir gehören.«

Omid löst die Beutel von seinem Hals.

»Gib sie mir!«

»Warten sie. Ich zeige ihnen jetzt die Bestätigung.«

»Gib mir die Beutel!«

Omid wird in die Untersuchungszelle verlegt. Alle Bemühungen, seine Unschuld zu beweisen, sind ohne Erfolg.

Nawid weiß nicht, was er tun soll. Es ist schon spät und er hat noch nichts von Omid gehört. Er geht umher und schaut auf die Uhr:

»Gott, was ist bloß passiert? Warum kommt er denn nicht? Wo soll ich ihn denn abholen?«

Ihm fällt einfach keine andere Lösung ein. Er wartet bis zum nächsten Tag um zwölf.

Es gibt einfach keine andere Möglichkeit. Er geht zum Krankenhaus.

Ali wendet sich Nawid zu. »Los, lass uns aufstehen! Wo ist denn Omid?«

»Ich weiß es nicht.«

»Du weißt es nicht. Was soll das denn bedeuten: *Du weißt es nicht.*«

»Er ist gestern gegangen, um die Münzen zu verkaufen, und nicht mehr zurückgekommen.«

Farid schlägt sich an den Kopf.

»Nicht, dass sie ihn wegen der Münzen zur Polizei gebracht haben.«

Nawid sagt nichts. Nach einigen Minuten Schweigen fragt Ali: »Was sollen wir jetzt tun? Entlassen sie mich jetzt?«

Wieder Schweigen. Ein langes Schweigen.

Nawid bleibt zwei Stunden bei Ali und Farid. Keiner von ihnen weiß, was zu tun ist. Ali und Farid geht es überhaupt nicht gut.

Nawid besucht sie jeden Tag und heitert sie auf, aber es nützt nichts. Als er am sechsten Tag ins Zimmer kommt, sind die Betten leer. Er läuft schnell zum Schwesternzimmer. »Frau ...«

»Es tut mir Leid, Herr... Es tut mir sehr Leid. Gestern Abend ging es beiden sehr schlecht. Sie haben sie auf die Intensivstation gebracht, aber es hat nichts gebracht.«

»Was heißt das?«

»Es ist leider so.«

Nawid bricht auf dem Boden zusammen und weint.

Das Begräbnis von Ali und Farid wirde vom Krankenhaus ausgerichtet.

Es waren sind Wochen seit der Verhaftung von Omid vergangen, als ein Wächter kommt.

»Du kannst jetzt gehen.«

»Wo ist mein Beutel?«

»Beutel?«

»Ja, ich hatte einen Beutel, in der Juwelen und Goldmünzen waren.«

»Bist du verrückt geworden?«

»Nein, ich hatte einen Beutel, die ich um den Hals trug, und der Beamte, der mich befragt hatte, nahm sie mir weg.«

»Dann geh zu der Polizeistation und frag dort nach.«

Omid hat keine andere Wahl. Er geht zur Polizeistation.

»Ja bitte?«

»Man hat mich vor zwei Wochen hierher gebracht.«

»Und was soll ich jetzt machen?«

»Ich wurde hier verhört.«

»Und was soll ich tun?«

»Man hat mich ins Untersuchungsgefängnis gebracht«

»Und was soll ich tun?«

»Ich bin heute entlassen worden.«

»Und was soll ich tun?«

»Der Beamte, der mich verhört hat, nahm mir einen Beutel weg, den ich am Hals trug.«

»Einen Beutel? Man hat doch keine Beutel um den Hals.«

»Es war ein Beutel voller Juwelen.«

»Und was soll ich jetzt tun? Es scheint so, als ob es dir nicht gut geht. Wer packt denn seine Juwelen in einen Beutel und hängt sie sich um den Hals?«

»Sagen Sie ihm, dass er mir meinen Beutel zurückgeben soll.«

Der Beamte fängt an zu lachen und sagt mit einem ironischen Unterton: »Ich soll zu jemandem, dessen Namen ich nicht kenne, sagen, dass ein Mann auf der Polizeistation ist und seinen Beutel will?« Und lachend ruft er den Wächter.

»Wächter, dieser Herr hat hier nichts mehr zu tun.«

Wie sehr Omid auch darauf beharrt, es nützt nichts. Er geht zu den anderen. Nawid ist alleine. Als er Omid sieht, beginnt er zu weinen: »Wo warst du Omid?«

Omid erzählt, was passiert ist.

»Wo sind die anderen?«

Nawid setzt sich auf den Boden.

»Die anderen? Wir sind so arm dran, Omid, wir sind jetzt ganz allein. Die anderen sind weg. Es gibt keine anderen mehr, Omid. Wir sind jetzt ohne Ali und ohne Farid. Wir sind so arm dran.«

Omid packt Nawid an den Schultern und schüttelt ihn.

»Was soll das heißen ... was ... soll das heißen, sie sind weg?«

Im Zelt hört man Schluchzen. Einige Minuten lang weinen die beiden. Dann gehen sie zu den Gräbern von Farid und Ali, die nebeneinander begraben sind.

Es vergehen weitere zwei Jahre. Sadegh ist im Gefängnis ein gebrochener Mann geworden. Und Sara machte sich große Sorgen.

Eines Tages sagt sie wieder zu ihrem Vater: »Warum können wir nicht zu dieser verdammten Frau gehen und sie bitten, dass sie die Wahrheit sagt? Sie kann sagen, wie alles gekommen ist. Wir können sie anflehen. Wir können sie erpressen, ich weiß auch nicht. Wir müssen doch etwas tun, damit der arme Sadegh wieder freikommt.«

Ihre Eltern versuchen sie wieder und wieder zu überzeugen, dass das nichts bringt.

»Ich geh alleine.«

»Du gehst alleine? Wohin gehst du alleine?«

»Ich geh zu Frau Doktor. Sie ist schließlich auch eine Frau und wird meine Gefühle verstehen. Ich werde mich vor ihre Füße werfen und weinen und mit ihr sprechen.«

»Es bringt nichts Sara«, entgegnet ihr Vater. »Warum verstehst du das nicht?«

»Woher weißt du denn, dass es nichts bringt?«

»Das ist doch erkennbar, Sara. Wir haben dir doch schon gesagt, wenn diese Frau ein Mensch wäre, hätte sie so etwas nicht getan. Und du willst zu ihr gehen und sie davon überzeugen, sich selbst anzuzeigen?«

»Wir können doch nicht einfach so herumsitzen. Vielleicht bereut sie es ja.«

»Ja, mein Kind. Vielleicht bereut sie es. Menschen begreifen manchmal spät, was sie getan haben. Vielleicht hat sie sogar ein schlechtes Gewissen, aber denkst du, sie würde sich erbarmen, wenn ich zu ihr ginge?«

»Vielleicht. Es ist doch möglich. Gewissen! Erbarmen! Solche Dinge begreifen wir, aber nicht diese Frau Doktor.«

Egal wie sehr ihre Eltern sie zu überzeugen versuchen, es nützt nichts. Schließlich sagt sie: »Ich habe in zwei, drei Tagen meine letzten Prüfungen. Dann werde ich zu ihr gehen.« Ihre Eltern schweigen.

Omid geht es überhaupt nicht gut. Seine Nierenschmerzen werden immer schlimmer. Eine kranke Niere und eine gesunde Niere. Die Sorgen haben seinen Gesundheitszustand richtig verschlechtert. Der Tod von Ali und Farid, dass er nicht weiß, wo Sadegh ist, das alles hat ihm schwer zugesetzt. Zudem kommen noch die Beutel mit den Juwelen und die Angst vor der Zukunft. Das alles zu ertragen ist keine einfache Sache. Ihm fällt seine Kindheit ein, sein Vater, seine Mutter.

»Die Welt ist schon eigenartig, Nawid. Es ist so, als ob einiges nicht in unserer Hand liegt. Es geschehen Dinge, ohne dass wir sie steuern können, und nur zuschauen müssen. Wie ein Spielfilm. Du bist nur ein Zuschauer. Du musst dir einfach nur einen Film anschauen, und kannst in dem Film auch keine Änderungen vornehmen.«

»Was liegt nicht in unserer Hand, Omid?«

»Alles, Nawid. Wenn man sich alles genau überlegt, merkt man, dass jemand anderes für einen plant und man es nur ausführen muss. Schau dich an, guck mich an. Sadegh geht es bestimmt auch nicht besser. Wo in meinem Schicksal habe ich mich einmischen können? Ich würde Gott, den wir so preisen und dem wir so vertrauen, gerne fragen, was ich in meiner Jugend für eine Sünde begangen habe, dass ich einen solchen Vater verdiene. Warum hat er seinen Spaß gehabt und ich die Probleme. Es ist so: Wir sind geopfert worden für dieses Leben – ich, du, Ali, Farid und vielleicht auch Sadegh. Warum ist es denn so, dass andere an unserer Stelle glücklich sind? Hat denn Gottes Handeln keinen Plan? Soll er doch die Verantwortlichen unglücklich machen, und nicht uns.«

»Das tut er, Omid. Aber die müssen den Preis ihrer Taten woanders zahlen.«

»Woanders? Woanders? Wir sehen hier mit eigenen Augen, wie sehr einige Menschen mit Unfreundlichkeit, Unmenschlichkeit, Betrug und Diebstahl, Untreue und Lug und Trug umgehen, und wir müssen für diese Taten büßen. Dann wird uns nicht geholfen, nein, wir werden noch weiter fertiggemacht, indem uns gesagt wird: In einem anderen Leben werden die schon für ihre Taten büßen. Das meinst du doch damit, oder? Du meinst damit doch, dass wir, die wir uns, die unschuldig für die schlechten Taten von anderen büßen, damit begnügen sollen, dass diese Menschen in einer anderen Welt büßen werden?«

»Ja, Omid, genau das meine ich.«

»Können wir Gott nicht bitten, die andere Welt für einige Jahre in diese Welt zu verlegen? Wie kann es sein, dass einige so schlimme Sünden begehen, für die wir büßen müssen und dafür noch nicht einmal bestraft werden, nein sie verbringen sogar dreißig, vierzig Jahre in Saus und Braus und genießen ihr Leben. Und dann sollen sie in einer anderen Welt büßen? Und dann gibt es noch die anderen, die sagen: *In der anderen Welt wird Gott uns alle Sünden vergeben.* Kann er denn nicht die Menschen dazu bringen, ein wenig menschlicher, ein wenig freundlicher, ein wenig ehrlicher zu sein – Menschen wie mir das Leben nicht zu zerstören? Geht das? Kann er das alles nicht hier vor unseren eigenen Augen machen?«

Omid weint. Ein starkes Weinen, verbunden mit starkem Schluchzen.

»Warum nur, Gott? Was haben wir nur Schlimmes auf dieser Welt getan? Warum lässt du sie nicht hier für ihre Sünden büßen? Warum müssen wir für die Taten von anderen büßen? Warum? Warum?«

Nawid umarmt Omid und versucht, ihn zu beruhigen. Er verspürt in seinem Bauch auch einen starken Schmerz. Er hat seit einigen Monaten starke Magenschmerzen. Das letzte Mal, als er zum Arzt ging, sagte dieser: »Sie müssen nach Teheran. Sie müssen sowohl eine Sonografie wie auch diverse andere Untersuchungen machen. Hier gibt es keine richtigen Einrichtungen für so etwas.«

Omid hat Nawid nach langen Diskussionen und Bitten und Betteln dazu gebracht, nach Teheran zu fahren und sich untersuchen zu lassen.

Nawid ist dann schließlich eines morgens nüchtern nach Teheran ins Untersuchungslabor gefahren.

Die Beziehung von Amir und Shadi wird jeden Tag schlimmer. Amir tut, was er will. Er lädt jeden Abend seine Freunde ein, die bis spät in die Nacht singen und tanzen und fixen. Shadi wagt es nicht, sich zu beschweren, denn Amir hat ihr schon einige Male gesagt, wenn es sie störe, könne sie gerne gehen. Das letzte Mal war Amir sehr wütend.

»Das ist mein Haus, Fräulein. Wenn du mir noch ein einziges Mal vorschreibst, was ich zu tun habe, pack ich dich und werfe dich raus. Entweder du setzt dich in eine Ecke und bist ruhig, oder ich werfe dich raus.«

Shadi gibt von dem Zeitpunkt keinen Mucks mehr von sich. Sie hat keine andere Wahl. Wo sollte sie hin? Amir hat alles Geld, das auf dem Konto war, genommen. Andererseits kommt sie ohne Amir an keinen Stoff heran. Zu alledem hat sie auch Herzprobleme. Der Arzt hat ihr gesagt, dass sie einen kompletten *Check-up* machen müsse, denn die Möglichkeit eines Herzinfarktes bestehe. Es ist halb neun, als sie zur Untersuchung ins Labor geht.

Nawid sitzt im Labor auf der Bank und wartet, dass er an die Reihe kommt. Es sind noch sechs Personen vor ihm dran.

»Frau Doktor Sorur, Sie sind an der Reihe«, ruft die Arzthelferin.

Nawid springt von seinem Platz. Frau Doktor Sorur? Sorur? Auf einmal fällt im ein, dass Sadegh in seinen Gesprächen mit Omid erzählt hat, dass er für diese Dame arbeitet. »Vielleicht weiß diese Dame, wo Sadegh ist. Wenn sie es mir sagt und ich Sadegh zu Omid bringe, geht es ihm bestimmt bald besser. Lieber Gott, bitte mach, dass unser Omid bald wieder gesund wird. Es wird ihm bestimmt wieder gut gehen, wenn er Sadegh sieht. Und dann wird es auch mir wieder besser gehen.«

Als Frau Doktor heraus kommt, läuft Nawid hinter ihr her.

Frau Doktor geht nach Hause. Nawid schreibt sich ihre Adresse auf und läuft zurück ins Labor. Es ist kurz vor Mittag, als Nawid mit seinen Untersuchungen fertig ist. Er denkt sich, dass es sicherlich nicht angebracht wäre, jetzt zu Frau Doktor zu gehen, und geht in den Park. Um sechs Uhr nachmittags geht er zum Haus von Frau Doktor Sorur.

Es ist ungefähr drei Uhr, als Sara zu ihren Eltern sagt: »Ich gehe jetzt zu dieser verdammten Frau.«

Ihre Mutter ist ruhig. Ihr Vater ebenso, er versucht nicht mehr, sie umzustimmen.

»Kennst du denn ihre Adresse?«

»Ja, Vater. Ich bin zwei, drei Mal durch Zufall mit Sadegh bei ihr vorbeigefahren, da hat er mir gezeigt, wo sie wohnt.«

»Dann ruf uns an und versuch schnell nach Hause zu kommen.«

»Jawohl, Vater.«

Sara geht zu Frau Doktor nach Hause und schellt an der Haustür.

»Wer ist da?«, fragt eine verschlafene Stimme.

»Ich bin Sara.«

»Sara?«

»Sara. Die Tochter von Safa, dem Leiter des Taxiunternehmens. Die Frau von Sadegh.«

»Was wollen Sie von mir?«

»Bitte erlauben Sie mir, dass ich reinkomme. Ich möchte mit Ihnen über Sadegh sprechen.«

»Warum mit mir?«

»Bitte erlauben Sie es mir, Frau Doktor. Ich muss Ihnen etwas Wichtiges sagen. Das kann ich nicht so durch die Gegensprechanlage.«

Shadi schaut Amir an.

»Wer ist da?«, fragt Amir.

»Die Tochter von Safa.«

»Was will sie?«

»Sie will mit mir über Sadegh sprechen.«

»Mach auf. Lass sie rein, damit wir hören, was sie will! Ich geh ins Zimmer und hör zu.«

Das Zimmer ist voller Rauch und der ganze Raum stinkt nach Alkohol.

»Guten Tag, Frau Doktor.«

»Guten Tag. Bitteschön.«

»Herzlichen Dank, dass Sie erlaubt haben, dass ich rein komme.«

Sara setzt sich gegenüber von Frau Doktor auf die Couch.

»So, worum geht es?«

»Es geht darum, Frau Doktor, dass wir alle wissen, dass Sadegh unschuldig ist. Wir wissen nicht, was passiert ist. Das Einzige, was wir wissen, ist, dass Sadegh unschuldig ist, und wir sehen es als notwendig an, alles zu tun, um Sadegh wieder frei zu kriegen.«

»Warum erzählen Sie mir das? Das hätten Sie vor Gericht sagen müssen.«

»Das haben wir. Wir haben versucht zu erklären, wir haben geweint, wir haben gebettelt, wir haben alles getan, aber es hat uns niemand geglaubt. Alles lief gegen Sadegh. Egal, was Sadegh gesagt hat, egal was er erklärt hat. Ihre Aussage wurde gegen Sadegh genutzt. Und jetzt bin ich hier, um Sie zu bitten, mir zu helfen, damit wir Sadegh wieder raus bekommen.«

»Ich? Was kann ich denn da tun?«

»Frau Doktor, Sie wissen ganz genau, dass Sadegh unschuldig ist. Ich bitte Sie, bei all dem, was Ihnen heilig ist, bitte helfen Sie mir, damit Sadegh in diesem Gefängnis nicht verreckt. Sadegh ist am Ende, Frau Doktor, und das für ein Verbrechen, welches er nicht begangen hat. Und das wissen Sie ganz genau, Frau Doktor. Bitte, ich bitte Sie, sagen Sie die Wahrheit, damit Sadegh wieder freikommt.«

Saras Stimme hob sich ein wenig.

»Ich weiß es ganz genau? Ich glaube, Ihnen geht es nicht sehr gut, Fräulein Sara. Bist du hierher gekommen, um mir so einen Schwachsinn zu erzählen? Und das zu Frau Doktor Sorur? Nein, mein liebes Fräulein. Los steh auf, geh nach Hause oder geh zu deinem tollen Sadegh. Und grüß ihn von mir.«

»Ja, Frau Doktor. Ich bin hierher gekommen,um Ihnen all das zu sagen. Ich bin gekommen um Sie zu bitten, Sie anzuflehen, mich vor ihre Füße zu werfen und zu bitten, die Wahrheit zu sagen. Wie viele Jahre möchten Sie denn noch mit einer Lüge leben? Warum muss Sadegh wegen Ihren bescheuerten Gelüsten im Gefängnis sein? Bitte, ich flehe Sie an, haben Sie Mitleid mit Sadegh. Mit mir! Mit meinem Vater und meiner Mutter.«

Sara ist in Tränen aufgelöst und geht auf Frau Doktor zu. Sie küsst ihre Füße und sagt: »Bitte, ich flehe Sie an, haben Sie Mitleid. Bei allem, was Ihnen heilig ist, haben Sie Mitleid. Er ist doch unschuldig und das wissen Sie. Bitte lassen Sie ihn nicht noch mehr leiden.«

»Er ist sowohl unschuldig, wie auch ohne Hirn und ohne Verstand. Hätte dieser Idiot nur ein wenig auf das gehört, was ich ihm gesagt habe, würden jetzt sowohl er als auch ich ein gutes Leben führen.«

Frau Doktor zittert jetzt am ganzen Körper.

»Und du geh jetzt, verschwinde aus meinem Haus und lass mich gefälligst in Ruhe. Ich kann und will nicht für so einen Abfall wie dich und Sadegh etwas tun. Los verschwinde.«

Sara steht auf.

»Ich soll dich in Ruhe lassen. Du bist wirklich verrückt. Du gibst sogar zu, dass Sadegh unschuldig ist. Und jetzt soll ich dich in Ruhe lassen. In Ordnung, ich lass dich in Ruhe, aber nur für einige Minuten. Dann werde ich mit der Polizei zurückkommen.«

Sara geht wieder auf Frau Doktor zu.

»Und wenn ich mit der Polizei zurückkomme, dann werde ich dich für den Rest deines noch verbleibenden kurzen Lebens dorthin schicken, wo du Sadegh hingeschickt hast und werde Sadegh rausholen. Es muss rauskommen, was du Sadegh angetan hast. Nein, noch schlimmer, es muss alles raus kommen, was du bislang getan hast. Auch wenn ich allein bin, ich werde dafür Sorgen.«

Sara geht zur Tür.

Frau Doktor steht mit großer Anstrengung auf, packt Sara von hinten und wirft sie auf den Boden. Von diesen Geräuschen aufgescheucht, tritt Amir ins Zimmer.

»Was ist? Was ist hier los? Schämt Ihr euch nicht? Shadi, steh auf! Stehen Sie auf Fräulein!«

Amir schaut Sara an. Er hat sehr selten in seinem Leben ein so hübsches Mädchen gesehen. Shadi setzt sich auf das Sofa.

»Meine liebe Shadi, mein Liebling. Es ist doch unter deinem Niveau mit jemandem so umzugehen. Und vor allem, wenn du mit einer jungen Dame sprichst. Wenn ihr eine Meinungsverschiedenheit habt, wenn ihr ein Problem habt, dann setzt euch doch hin und klärt die Probleme in Ruhe. Aber das ist doch nicht der richtige Weg.«

Sara sagt mit Wut in ihrer Stimme: »Diese Frau, die ihr Liebling ist, oder egal, was sie für Sie ist ...« Amir unterbricht sie.

»Mein Fräulein, bitte gehen Sie doch für einige Minuten ins Zimmer und beruhigen Sie sich, bis ich herausfinden kann, was hier passiert ist. Egal, um was für ein

Problem es sich handelt, es wird sich schon eine Lösung finden. Beruhigen Sie sich für einige Minuten und ich verspreche, dass ich dazu beitragen werde, das Problem aus der Welt zu schaffen, wenn Sie versprechen, mir alles zu sagen.«

Amir schiebt Sara in Richtung des Zimmers, in welchem er sich versteckt hatte.

Sara ist verwirrt, sie weiß nicht, was sie tun soll.

»Erlauben Sie, dass ich Ihnen ein Glas kaltes Wasser bringe.«

Amir legt einen Finger auf seine Lippen.

»Psst, sei ruhig! Ich bring schon alles in Ordnung«, flüstert er Frau Doktor zu.

Er gibt Sara ein Glas Wasser mit Ko-Tropfen drin. Sara sieht ihn verwundert an und nimmt das Glas. »Bitte ruhen Sie sich einige Minuten aus, bis ich mit Shadi gesprochen habe. Es gibt bestimmt eine Lösung für Ihr Problem. Ich weiß ja nicht, worum es geht, aber seien Sie sich sicher, dass wir gemeinsam eine Lösung finden werden.«

Amir schließt die Zimmertür und geht zu Shadi.

»Du bist ja gemein. Du kennst ein solch hübsches Mädchen und dann stellst du sie mir nicht vor? Du weißt doch, dass ich auch Gefühle habe. Wenn du dich mir ein wenig öffnest, dann öffne ich mich dir gegenüber auch ein wenig, Shadi.«

»Ich hatte sie bislang noch nie gesehen. Ich weiß nur, dass sie die Frau von Sadegh ist, aber was geht dich das an?«

»Schau, Shadi. Gott hat mir ein solches Geschenk gemacht, mir, deinem Liebling Amir, also bitte sei ruhig.

Lass mich das Problem lösen, sowohl dein Problem, wie auch mein Problem.«

»Was soll das heißen? Was willst du machen?«

Shadi ist geschockt.

»Das heißt: bleib ganz ruhig und lass mich um alles kümmern. Du brauchst jetzt einen Schuss.« Amirs Hände zitterten.

»Und ich genauso. Das Mädchen fixen wir auch an, damit ich in Ruhe machen kann, was ich will. Ich weiß, was dann zu tun ist. Ich werde sie ganz einfach fertigmachen.«

Amir zieht eine Spritze auf und geht zu Sara ins Zimmer. Sara ist in einen tiefen Schlaf gefallen. Er zieht ihr den Ärmel hoch und injiziert ihr die Spritze.

Amir kommt aus dem Zimmer und reibt sich freudig die Hände.

»So, auf unsere Gesundheit. Ich habe danach noch viel zu tun. Etwas, das einen wieder auf Vordermann bringt.« Dann bereitet er den Schuss vor. Seine Hände zitterten noch immer.

»Amir, bitte beeil dich und setz mir den Schuss. Mir gehts nicht gut.«

»Hab keine Sorge, mein Liebling. Lass uns gemeinsam einen Schuss setzten, so genießen wir es noch mehr.«

Nachdem sie drei Gläser getrunken haben, setzt Amir sich und Shadi freudestrahlend einen Schuss. Er legt sich ein wenig auf die Couch, raucht zwei Zigaretten und steht dann wieder auf. Seine Hände zittern nicht mehr. Mit lauter Stimme singt er:

»Was ist heute für ein Abend? Ein Abend voller Freude, ein Abend voller Freude ...«

Shadi ist wieder wohlauf, sitzt auf der Couch und raucht eine Zigarette.

Amir zieht seine Schlappen aus und geht in Richtung des Zimmers.

Shadi will aufstehen, als Amir zu ihr sagt: »Setzt dich gefälligst hin. Ich will keinen Laut von dir hören, ansonsten hast du die längste Zeit in diesem Haus gewohnt, verstanden?« Shadi setzt sich wieder auf das Sofa, während Amir die Knöpfe seines Hemdes öffnet und ins Zimmer geht.

Es ist 18:30 Uhr, als Nawid am Haus von Frau Doktor ankommt.

»Was soll ich nur sagen? Was mach ich, wenn sie nicht mit mir reden möchte? Es reicht schon, wenn sie nur an die Haustür kommt, aber was, wenn nicht?« Auf einmal fällt ihm etwas ein. Er läutet die Klingel.

Shadi schreckt vom Klingeln auf.

»Wer ist das, der da klingelt?«

Sie ist einige Minuten wie erstarrt, und die Klingel läutet wieder.

»Wer ist da?«

Amir kommt mit einem Hemd auf seiner Schulter aus dem Zimmer.

»Entschuldigen Sie bitte, Frau Doktor Sorur?«

»Ja.«

»Sind Sie es selbst?«

»Ja, ich bin es selbst.«

»Entschuldigen Sie bitte die Störung, aber es gibt da eine Angelegenheit, in welcher Sie mir sehr helfen können.«

»Was für eine Angelegenheit?«

»Also, ehrlich gesagt, ich bin ein Freund von Sadegh. Ich habe ihn leider seit einigen Jahren aus den Augen verloren. Wir waren gute Freunde. Wir waren uns sehr nah. Ich habe sehr nach ihm gesucht, aber leider nie etwas herausgefunden. Sie habe ich im Labor gesehen, und als ich ihren Namen gehört habe, bin ich Ihnen nachgegangen. Ehrlich gesagt wollte ich Sie nicht auf der Straße ansprechen, das gehört sich nicht.«

»Wer hat Ihnen gesagt, dass ich diesen Herrn kenne?«

»Sadegh selbst, Frau Doktor. Er selbst hatte von Ihnen erzählt.«

»Nein, mein Herr, Sie vertun sich da. Es ist bestimmt nur ein Missverständnis.«

»Hören Sie, Frau Doktor, ich will weder etwas von Ihnen, noch kenne ich Sie. Ich will nur wissen, was mit Sadegh passiert ist. Geben Sie mir bitte nur die Adresse des Taxiunternehmens, und ich werde dann den Leiter dort nach Sadegh befragen.«

»Ich kenne niemanden mit dem Namen Sadegh.«

»Hören Sie Frau Doktor. Ich will auch gar nicht darauf bestehen, dass Sie Sadegh kennen, aber wenn Sie mir die Adresse des Taxiunternehmens nicht nennen, werde ich zur Polizeiwache um die Ecke gehen und mit der Polizei zurückkommen. Dann könne Sie der Polizei erklären, dass Sie Sadegh nicht kennen, und dann wird sich sicherlich Einiges aufklären. Allein schon, dass Sie behaupten, Sadegh nicht zu kennen, zeigt, dass Sie Einiges zu verbergen haben.«

Amir hörte alles mit. Er macht Shadi deutlich, dass sie Nawid hereinlassen soll. Wenn er mit der Polizei zurückkommen würde, dann hätten sie mit dem Mädchen und den ganzen Drogen im Haus größere Probleme.

»Sie haben Sie doch nicht mehr alle.«

»Ich habe doch gar nicht gesagt, dass ich sie holen werde. Kommen Sie doch einfach an die Tür oder lassen Sie mich herein. Oder geben Sie mir einfach die Adresse des Taxiunternehmens, dann ist die Polizei gar nicht mehr nötig.«

Amir betätigt den Türöffner und sagt zu Shadi: »Verdammt, lass ihn herein! Wenn er mit der Polizei zurückkommt, haben wir große Probleme. Lass ihn rein und alles andere mach ich schon.« Dann geht er in das Wohnzimmer und holt eine Waffe aus dem Wohnzimmerschrank.

Nawid kommt rein, geht in das Wohnzimmer und bekommt es mit der Angst zu tun. Alles ist durcheinander, und der Geruch von Alkohol und Zigaretten liegt in der Luft.

»Guten Tag.«

»Guten Tag. Was ist denn so wichtig, dass Sie so darauf bestehen, hierher zu kommen. Sie hatten einen Freund und den haben Sie einige Jahre aus den Augen verloren. Vielleicht will er Sie ja gar nicht mehr sehen. Um sich das einzugestehen, mussten Sie doch nicht Spion spielen und hinter mir herschnüffeln.«

»Sadegh ist nicht nur ein Freund. Sadegh ist Freundschaft pur. Sadegh ist Liebe pur. Sadegh ist Sadegh pur.

Er ist ohne Sünden. Er würde sich melden, egal, wo er ist. Es ist ihm bestimmt etwas passiert. Bestimmt etwas Schlimmes. Ich will auch gar nichts, ich will nur wissen, was passiert ist, basta. Und da ist es mir auch egal, was mit mir passiert. Jetzt, wo ich Sie gefunden habe, werde ich keine Ruhe geben, bis ich Sadegh zu Omid gebracht habe. Ich werde alles, was nötig ist, tun, um Sadegh zu finden. Sie müssen mir eine Adresse von Sadegh geben, denn mit Ihren Worten zeigen Sie, dass Sie wissen, wo er ist.«

Amir kommt aus dem Zimmer. Er ist total betrunken.

»Du verdammter Kerl kommst und erpresst eine Frau, nur um herauszufinden, wo so ein kleines Weichei ist. Schämst du dich nicht?« Dann schlägt er mit beiden Händen gegen Nawids Schultern.

»Es scheint so, als ob dir Sadegh richtig leid tut. Was willst du denn von ihm? Lass mich dich befreien. Ich weiß, wo Sadegh ist. Sadegh ist wegen Drogendealerei im Gefängnis. Willst du jetzt auch wissen, wo seine Frau ist? Komm, ich zeig sie dir, damit du begreifst, dass ich ihre Ehre verletzen werde.« Er schiebt Nawid ins Zimmer, wo Sara liegt.

Shadi wirft sich auf das Sofa und schreit.

»Siehst du es? Das ist die Frau von Sadegh, die zu mir gekommen ist, zu Amir. Wenn du jetzt nicht sofort verschwindest und uns ihn Ruhe lässt, werde ich ihre Ehre verletzten. Bist du jetzt zufrieden? Verstehst du jetzt, nach wem du suchst? Nach einem Drogendealer mit einer solchen Frau. Also verschwinde jetzt und lass uns endlich in Ruhe!«

Nawid wird ganz heiß. Sadegh wist im Gefängnis und seine Frau hier. Er packt Amir am Kragen und schreit: »Du lügst doch. Sadegh ist nicht so ein Kerl. Sadegh nicht. Das kann nicht sein. Sadegh würde so etwas niemals tun. Und seine Frau ist bestimmt auch nicht so. Sadeghs Frau kann einfach nicht schlecht sein. Das ist alles eure Schuld. Egal, was hier los ist, das ist alles eure Schuld. Los, sag mir, was passiert ist.« Er schüttelt Amir kräftig. »Sag mir die Wahrheit, sonst kriegst du es mit mir zu tun. Wer ist die Frau, die auf dem Bett liegt? Wenn das wirklich Sadeghs Frau ist, warum ist sie dann hier? Wer ist die alte Schachtel, die auf dem Sofa liegt? Los, sag schon, Arschloch. Sprich!«

Amir bekommt Angst.

Shadi schreit: »Du bist bescheuert. Warum hast du ihm alles gesagt. Er wollte doch nur eine Adresse haben, dann wäre er verschwunden.«

Amir holt die Waffe und hält sie Nawid auf den Bauch.

»Ich bring dich um. Ich bring dich um!«

Nawid sieht die Waffe und wirft Amir ganz schnell auf den Boden. Sie drehen sich mehrmals, und dann löste sich einen Schuss.

Nawid steht auf. Er ist ganz benommen. Die Waffe liegt in Amirs Hand und hat ihn selbst getroffen. Nawid geht benommen und matt auf Shadi zu.

»Los, sag schon. Sag, was ist passiert? Was habt ihr mit Sadegh gemacht?«

Shadi hat Schaum vor dem Mund. In ihren Augen kann man nur noch das Weiße sehen. Sie packt ihre Hände aufs Herz und sagt mit leiser Stimme: »Hilfe ...

Hilfe ... mein Herz.« Da hört Nawid plötzlich noch einen Schuss, er kam von Amir.

Es ist sieben Uhr abends, als Safa nach Hause kommt. Seine Frau ist sehr besorgt.

»Hast du was von Sara gehört?«

»Nein. Nichts. Ist sie noch immer nicht nach Hause gekommen? Hat sie sich nicht bei dir gemeldet?«

»Nein.«

»Hat sie nicht angerufen?«

»Nein.«

»Was soll das heißen?«

»Es ist jetzt vier Stunden her, seitdem sie zum Haus dieser Frau Doktor ging.«

»Ich mache mir wirklich Sorgen. Nicht, dass sie meinem Kind etwas angetan haben.«

Safa versucht es einige Male auf Saras Handy. Doch sie geht nicht ran. Er steigt mit seiner Frau ins Auto und fährt zu Frau Doktor. Doch niemand öffnet die Tür. So rufen sie die Polizei.

»Hallo, ich heiße Safa. Bitte kommen Sie so schnell wie möglich.«

»Was ist denn passiert? Beruhigen Sie sich. Was ist geschehen?«

»Bitte kommen Sie schnell. Ich erkläre es Ihnen dann. Bitte, kommen Sie schnell.«

»Wohin sollen wir denn kommen?«

»Kommen Sie zu folgender Adresse. Wir stehen vor der Tür.«

Dann gibt er ihnen die Adresse.

Zehn Minuten später steht eine Polizeistreife mit drei Beamten vor der Tür.

Safa geht auf sie zu und sagt: »Unsere Tochter ist vor vier Stunden hierher gekommen, zu Frau Doktor Sorur. Sie wollte Frau Doktor bitten, ihr zu helfen, ihren Mann zu retten. Wir haben uns Sorgen gemacht und sind hierher gekommen. Aber egal, wie sehr wir klingeln, es macht uns niemand die Tür auf.«

»Sind Sie sich sicher, dass sie hierher gekommen ist?«

»Ja, wir sind uns sicher«, sagt Saras Mutter. »Bitte tun Sie doch etwas. Meine Tochter ist in Gefahr.«

Einer der Beamten läutet einige Male die Klingel, und als niemand die Tür öffnet, befielt er seinem Kollegen: »Öffne die Tür. Brich sie auf, aber ganz schnell.«

Es ist ein schrecklicher Anblick. Der Beamte ruft gleich den Gerichtsmediziner.

»Hier liegt ein Mädchen auf dem Bett«, ruft einer der Beamten.

Saras Mutter wirft sich auf ihre Tochter und schreit: »Sie haben meine Tochter getötet. Meine Sara. Sie haben meine Sara getötet.«

Und während sie das Gesicht ihrer Tochter küsst, drehte sie sich zu ihrem Mann.

»Hättest du sie doch nicht hierher kommen lassen. Warum hast du das zugelassen? Warum? Siehst du, was passiert ist? Siehst du, dass sie unsere unschuldige Tochter getötet haben. Gott, warum?« Dann schreit sie noch einmal und wird ohnmächtig.

Die Krankenschwester kommt aus der Intensivstation. Safa geht ganz unruhig auf sie zu: »Wie geht es ihnen?«

»Das weiß ich nicht, sie müssen den Arzt fragen?«

»Wo ist der Arzt?«

»Er kommt jetzt heraus.«

Nach einigen endlos scheinenden Minuten fragt er den Doktor: »Guten Tag, Herr Doktor. Wie geht es ihnen?«

»Ihrer Frau geht es gut, sie hatte nur einen Schock und sie können sie auch in zwei, drei Stunden mit nach Hause gehen. Aber ihre Tochter ...«

»Aber meine Tochter, was? Was ist mit meiner Tochter?«

»Ihre Tochter musste einen sehr starken Schock verkraften und dann kommt auch noch der Gebrauch von Heroin.«

»Heroin? Meine Tochter? Die weiß gar nicht, was Heroin ist, Herr Doktor.«

»Ich weiß auch nicht, aber wir haben hier schon Einiges gesehen. Aber sie ist ihre Tochter und sie kennen sie besser. Auf jeden Fall hat sie aufgrund einer Injektion von Heroin einen sehr starken Schock erlitten. Wir müssen jetzt einige Tage warten und ihren Körper entgiften. Das ist aber nicht einfach.«

Safa setzt sich auf den Boden und ist in Tränen aufgelöst.

Der Arzt will zurück in die Abteilung gehen, kommt dann aber wieder zurück.

»Ich werde alles, was in meiner Hand liegt, für ihre Tochter tun. Es wird schon nichts passieren. Übrigens, in der Notiz, die mir der Notarzt gegeben hat, wurde auf zwei weitere Personen hingewiesen. Wer waren denn diese Personen?«

»Ich habe diese Personen noch nie in meinem Leben gesehen, Herr Doktor. Der Gerichtsmediziner hat sie mitgenommen. Es scheint so, als ob die zwei verstorben wären.«

Sara wird zwei Tage später entlassen. Es sind zwar alle froh, dass sie dem Tode entkommen ist, aber was nun? Wer sind diese zwei Personen und was hatten sie für eine Verbindung zueinander? Zwei Tage nach ihrer Entlassung verspürt Sara eine schwere Müdigkeit.

»Vater, was passiert denn jetzt?«, fragt sie. »Wie kann denn jetzt bewiesen werden, dass Sadegh unschuldig ist?«

»Ich weiß es nicht, meine Tochter.«

»Können wir denn nicht zum Gericht gehen? Dann erzähl ich denen, was ich von Frau Doktor gehört habe, und dass sie es auch zugegeben hat, für alles verantwortlich zu sein.«

»Wir können natürlich zum Gericht gehen, aber diese Frau Doktor ist doch nicht mehr am Leben. Was bringt uns das? Wenn die auf solche Sachen hören würden, dann hätten sie damals auf Sadegh gehört. Er hat doch geschrien und gesagt, dass er unschuldig ist. Die haben doch sogar Frau Doktor ins Gericht geholt. Was willst du denn jetzt sagen? Hast du denn etwa einen Beweis? Es hört doch niemand auf das, was du sagst. Wir haben vom ersten Tag an gesagt, dass Sadegh unschuldig ist und das sagen wir auch jetzt.«

»Auf jeden Fall müssen wir es ihnen doch sagen. Vielleicht finden sie ja selbst eine Lösung.«

»Ich weiß nicht, ich weiß es wirklich nicht. Alles ist so kompliziert und verworren. Gott, hilf uns.«

»Aber es schadet doch nicht, wenn wir zum Gericht gehen.«

»Nein, schaden tut es nicht. Lass mich herausfinden, wo genau wir hin müssen, dann gehen wir dorthin.« Da klingelt das Telefon.

»Bei Safa.«

»Ich rufe vom Kriminalamt an.«

»Kriminalamt?«

»Ja, vom Kriminalamt.«

»Warum?«

»Es geht um eine Angelegenheit bezüglich Sadegh ...«

»Was für eine Angelegenheit?«

»Wir sollten in einem persönlichen Gespräch über alles sprechen.«

»In Ordnung, wo? Wo?«

»Sagen Sie mir, wann es Ihnen passt und dann kommen wir zu Ihnen.«

»Jetzt sofort.«

»In Ordnung. Wir fahren jetzt los.«

»Was gibts?«, fragt Saras Mutter.

»Die kommen vom Kriminalamt hierhin.«

»Oh mein Gott. Was ist denn jetzt los?«

»Was weiß ich denn? Wahrscheinlich geht es um die Morde.«

»Oh Gott, bitte hilf uns!«

»Mutter, warum denkst du denn gleich an etwas Schlimmes?«, fragt Sara. »Was gehen uns denn die Morde an?«

»Gott, bitte hilf uns!«

Nach ungefähr zwanzig Minuten läutet es an der Tür.

Zwei Beamten kommen herein. Saras Vater bietet ihnen etwas zu trinken an. Sara und ihre Mutter sitzen auf dem Sofa.

»Herzlichen Dank, Safa.«

»Bitte. Worum geht es denn?«

»Es sind gute Nachrichten, Safa. Gute Nachrichten.«

»Was für gute Nachrichten?«

»Es geht um Sadegh ...«

Sara fällt dem Beamten ins Wort.

»Was ist mit Sadegh?«

»Ich habe doch gesagt, es sind gute Nachrichten.«

»Dann sagen Sie doch, was los ist.«

»In den Ereignissen, die im Haus von Frau Doktor passiert sind, haben wir als Erstes die Personen identifiziert. Der eine Herr heißt Amir und der andere Nawid. Frau Doktor war ja klar. Wir haben noch nicht herausgefunden, wo Nawid wohnt. Er hatte einen Beleg aus dem Labor dabei, so konnten wir seinen Namen herausfinden, denn er hatte nichts weiter bei sich. Frau Doktor hatte einen Schlaganfall und der Gerichtsmediziner fand heraus, dass die anderen beiden sich gegenseitig erschossen. Wichtig hierbei waren Aufnahmen, die im Safe von Amir gefunden wurden. Wir haben uns diese Aufnahmen ganz genau angehört und dabei ist herausgekommen, dass Sadegh ...«

Sara fällt ihm ins Wort.

»Was ist mit Sadegh? Was ist mit meinem Sadegh?«

»Es ist herausgekommen, dass Sadegh unschuldig ist.«

Sara schreit auf, und auch ihre Mutter. Sie umarmen sich.

Safa heult wie ein Schlosshund.

»Ja, es ist herausgekommen, dass er unschuldig ist und all die Jahre umsonst im Gefängnis war.«

Es vergehen einige Minuten. Im Haus von Safa ist die Freude überall. Als ob alle nur lachen würden.

Safa umarmt den Beamten und küsst ihn.

»Sie wissen gar nicht, was sie getan haben? Sie haben diesem Haus Licht gebracht.«

»Herzlichen Dank, Safa. Wir haben doch nichts getan, es war unsere Pflicht.«

»Was müssen wir jetzt tun, damit Sadegh wieder nach Hause kommt?«

»Ich habe diese Bänder zum Gericht gebracht. Das Gericht hat gleich die Akte von Sadegh herausgeholt und der Richter hat das Verfahren vor unserem Anruf wieder aufgenommen. Sie müssen für die Kaution etwas bei Gericht als Sicherheit hinterlegen, bis das Verfahren wieder beginnt. Es ist allerdings nur noch eine Formalität, damit das alte Urteil von Sadegh aufgehoben wird.«

Am nächsten Morgen sind sie alle um acht Uhr vor der Gefängnistür versammelt.

Die Eltern von Sadegh und Rona und Sara und ihre Mutter. Saras Vater ist bei der Gefängnisverwaltung, um die nötigen Formalitäten zu erledigen. Um elf Uhr öffnet sich die Gefängnistür geöffnet. Safa nimmt Sadeghs Hand und gemeinsam kommen sie mit weiten Schritten aus dem Gefängnis.

Sadegh rennt plötzlich los. Alle haben Freudentränen in den Augen. Es ist, als ob ein Engel schreit: »Man kann Ehrlichkeit und Unschuld nicht ins Gefängnis sperren!«

***

Sie betreten das Haus von Safa. Überall stehen Blumen. Es ist, als ob überall Liebe wäre. Saras Mutter hat überall Blumen aufgestellt und Kerzen angezündet. Sara hat auf der Wand ihres Zimmers mit roten Blumen geschrieben: »Unser Glück ist mein Wunsch und ich werde immer dafür kämpfen.«

Sadegh setzt sich neben Sara aufs Bett.

»Das ist der gleiche Satz, denn du in deinem Brief geschrieben hattest. Erinnerst du dich?«

»Natürlich erinnere ich mich. Ich habe Tag und Nacht in Gedanken mit dir verbracht.«

»Wir ... Sara. Es ist so, als ob du in der Zeit, wo ich nicht da war, Farsi verlernt hättest. Hast du vergessen, du hast es selbst gesagt: *wir!«* Beide lachen und Sara schließt die Zimmertür.

Am nächsten Tag erzählt Sara Sadegh alles. Als sie von den zwei Personen spricht, springt Sadegh hoch.

»Hast du gesagt, Nawid?«

»Ja, kennst du ihn etwa?«

Sadegh beginnt zu weinen.

»Ja, Sara, er war einer der vier Personen. Die Pappenschläfer. Omid und Nawid und Ali und Farid. Aber, was hat Nawid in Frau Doktors Haus getan?«

»Ich weiß es nicht.«

»Ich muss die anderen drei finden, Sara.«

»Wie?«

»Ich weiß, wo sie früher gewohnt haben. Aber nein, das letzte Mal, als ich sie gesehen habe, wollten sie in Richtung Shahriyar ziehen. Gott, wie soll ich sie finden?«

Sadegh überlegt einige Minuten, dann nimmt er sein Telefon und ruft beim Kriminalamt an. »Ich bin Sadegh. Kann ich bitte mit dem Beamten sprechen, der für meine Akte zuständig ist.«

»Worum geht es?«

»Ich möchte mit ihm selbst sprechen.«

»Geben Sie mir ihre Telefonnummer. Wenn er kommt, werde ich ihm sagen, dass er sich bei ihnen melden soll.«

Es ist gegen elf Uhr morgens, als das Telefon von Sadegh klingelt.

»Sadegh?«

»Ja, bitte?«

»Ich rufe vom Kriminalamt an. Sie wollten mich sprechen.«

Sadegh erzählt alles über Nawid.

»Das ist ja interessant«, sagt der Beamte. »Um die Morde aufklären zu können, müssen wir auf jeden Fall den Ort ihrer Unterkunft herausfinden.«

»Helfen Sie mir?«

»Jawohl. Ich komme jetzt selber, damit wir die Unterkunft der anderen herausfinden können. Dann können wir auch herausfinden, was für eine Verbindung Nawid mit den anderen beiden hatte.«

»Sollen wir warten?«

»Ja, ich komme jetzt.«

Der Beamte, Sadegh und Sara fahren zu dem alten Standort der Pappenschläfer.

Dort ist aber niemand. Wie sehr sie die umliegenden Personen und Geschäfte auch befragen, es weiß niemand, wo sich die Pappenschläfer niedergelassen haben.

Sie setzen sich ohne Hoffnung ins Auto des Beamten, um nach Hause zu fahren. Sie sind noch nicht losgefahren, als Sadegh fragt: »Können wir wieder unter die Brücke zurückkehren?«

»Warum?«

»Bitte. Sie verstehen es dann.«

Als sie unter der Brücke ankommen, geht Sadegh auf die Brückenwand zu, genau dorthin, wo die anderen die Beutel mit den Juwelen von Omids Mutter versteckt hatten. Er nimmt einen Ziegel weg und ein Paket heraus. Darin liegt ein Brief.

»Lieber Sadegh,

wir haben schon lange nichts mehr von dir gehört. Wir haben lange nach dir gesucht, aber leider umsonst. Ich habe diesen Brief geschrieben, vielleicht suchst du ja eines Tages nach uns. Ich schreibe dir unsere Adresse in Shahriyar auf. Wenn du den Brief findest, komm zu uns!

Liebe Grüße, Omid«

Unter dem Brief steht eine Adresse. Sie fahren gleich dorthin. Es ist 14:30 Uhr, als sie dort ankommen. Dort stehen zwei Zelte, aber niemand ist da. Als sie bei den Zelten ankommen, schreit Sadegh: »Omid, Farid, Ali.«

Omid kommt sehr geschwächt aus einem der Zelte heraus.

»Sadegh, bist du es?«

Sie umarmen sich und weinen. Sara und der Beamte setzen sich neben das Zelt.

Sadegh erzählt alles, bis er zu Nawid kommt. Als Omid die Nachricht über Nawids Tod hört, beginnt er zu weinen, und als Omid von Farids und Alis Tod erzählt, tat Sadegh das Gleiche. Der Beamte kommt zu ihnen.

»Omid, Sadegh, weinen bringt jetzt nichts. Für Sie ist es sehr schlimm, aber es ist nun mal passiert. Für uns ist es nur nicht klar, warum Nawid dort war. Was ist passiert, als Sie Nawid das letzte Mal gesehen haben?«

»An dem Tag, da ihn eine Kugel traf, ging es ihm überhaupt nicht gut. Ich habe ihn gedrängt, zur Untersuchung zu gehen und er ist nicht mehr zurückgekehrt. Ich bin sogar zum Labor gegangen. Sie haben gesagt, dass er die Untersuchungen gemacht hat, die Ergebnisse aber nicht abgeholt hat.«

Der Beamte überlegt einige Minuten.

»Labor? Egal, was passiert ist, es ist dort passiert. Wir müssen dorthin.«

Sie fahren los. Auch wenn es Omid nicht gut geht, er besteht darauf, mitzufahren. Auf dem Weg fragt Sadegh den Kriminalbeamten: »Können wir nicht herausfinden, wer der Untersuchungsbeamte war, der Omids Juwelen gestohlen hat?«

»Doch, sicherlich geht das. Aber erst einmal müssen wir die Sache mit Nawid klären. Dann werde ich mich um den Untersuchungsbeamten kümmern. Sie müssen bis zum Gerichtstermin einen Brief schreiben und das Gericht um Schadensersatz verklagen.«

»Schadensersatz. Von wem?«

»Von denen, die Sie unschuldig ins Gefängnis gebracht haben.«

»Die sind doch tot.«

»Das ändert nichts daran. Sie erhalten Schadensersatz aus ihrem Vermögen. Sie haben das Recht, die Personen, die Ihr Leben und das Leben dieser Dame für einige Jahre zerstörten, auf Schadensersatz zu verklagen.«

»Nein. Einen solchen Schadensersatz will ich nicht.«

»Es ist Ihr Recht, Sadegh. Sie müssen an Ihr Recht kommen.«

Als sie beim Labor ankommen, steigt der Kriminalbeamte aus und sagt: »Warten Sie hier. Ich komme gleich wieder.«

Nach einer halben Stunde kommt er zurück.

Sadegh und Omid fragen gleichzeitig: »Was ist passiert?«

»Ich habe die Liste der Personen, die an diesem Tag im Labor waren. Nawid war kurz nach einem der Hauptpersonen dieser Angelegenheit an der Reihe.«

»Doktor Sorur?«

»Ja, diese Dame.«

»In Ordnung, aber was hat Nawid im Haus von Sorur getan?«

»Ich weiß es nicht.«

»Ich aber.«

»Was?«

»Nawid hatte von mir gehört, dass ich für diese Frau Doktor arbeite.«

Der Kriminalbeamte sagt nach Sadeghs Worten: »Jetzt ist alles klar. Nawid hat den Namen dieser Frau gehört, ihre Adresse herausgefunden und ist zu ihr gegangen. Aber warum?«

Omid schlägt sich an den Kopf, während er weint und schreit: »Er ist dorthin gegangen, um eine Adresse von Sadegh zu finden. Er wollte Sadegh finden und sie zu mir bringen.«

Sara beginnt neben Sadegh zu weinen: »Wenn er nicht gekommen wäre, Sadegh. Was wäre passiert, wenn er nicht gekommen wäre?« Dann umarmt sie Omid.

»Er hatte das von Ihnen gelernt, Omid. Von Ihnen. Aber Gott, warum musste es nur so kommen? Um eine Adresse herauszufinden, bringt man doch niemanden um. Ach Gott.«

Egal wie sehr Sara und Sadegh betteln, Omid kommt nicht zu ihnen nach Hause. Egal wie sehr Omid bettelt, alleine nach Hause zu fahren, sie erlauben es ihm nicht.

Der Kriminalbeamte sagt: »Nein, Omid. Wir haben Sie nach Teheran gebracht und bringen Sie auch wieder nach Shahriyar.«

Auf dem Weg wird nicht sehr viel geredet.

Als Omid ausgestiegen ist, steigen auch die anderen aus.

»Besucht mich.«

»Wir werden Sie besuchen, aber Sie müssen uns auch besuchen. Wir werden in drei, vier Tagen hierher kommen, Omid.«

»In drei, vier Tagen?«

»Ist das ein Problem?«

»Nein, nein, aber komm nicht allein, Sadegh. Komm mit, Fräulein Sara!«

Dann sieht er den Kriminalbeamten an und sagt: »Kommen Sie bitte auch und dann essen wir gemeinsam zu Abend. Es ist nämlich nicht klar, wie lange ich noch zu leben habe.«

»In Ordnung. Sicherlich. Aber warum? Ist es nicht besser, wenn wir Sie nach Teheran bringen?«

Sara fällt Omid ins Wort.

»Nur unter einer Bedingung.«

»Unter welcher Bedingung?«

»Dass meine Mutter kocht. So wie früher.«

»Das ist eine gute Bedingung. So wie früher mit Ali und Nawid und Farid.«

Dann laufen seine Tränen. »Ja, es ist eine gute Bedingung. Die anderen drei laden wir dann auch ein.«

Sara erzählt ihren Eltern Zuhause alles. Sadegh ist im Zimmer. Er ist sehr traurig. Der Tod der drei hat ihn sehr mitgenommen. Er ist wie ein Mensch, der Einiges gefunden und gleichzeitig Vieles verloren hat. Er macht sich Sorgen um Omid.

Vier Tage später, um fünf Uhr, fahren sie zu dritt los. Saras Mutter hat gekocht. Sehr ausführlich. Als sie Sadegh und Sara das Essen gibt, sagt sie: »Ich wünschte, dein Vater und ich würden mitkommen, Sara. Ich beneide euch, dass ihr heute Abend euer Abendessen mit diesem Herrn esst. Es muss ein Genuss sein, mit einem solchen Mann zu Abend zu essen.«

Es ist ungefähr 18:30 Uhr, als sie ankommen. Vor dem Zelt ist eine große Tafel angerichtet. Es sind sieben Einwegteller und sieben Einweggläser aufgestellt. Die Tafel ist wunderschön verziert. Der Geruch der Liebe ist überall. Es ist, als ob jemand das Parfüm der Liebe immer wieder in der Atmosphäre versprüht hätte. Vor jedem Teller liegt eine Blüte. Nur ein Teller hat keine.

Omid kommt aus dem Zelt heraus. Er geht mit Mühe. Als er bei ihnen ankommt, fällt er fast hin. Sadegh hilft ihm.

»Guten Tag, Omid. Geht es dir nicht gut? Lass uns zum Arzt oder ins Krankenhaus fahren.«

»Ach Quatsch! Mir wird es nicht wieder besser gehen. Mir kann kein Arzt mehr helfen.«

Dann sieht er sie alle da stehen.

»Herzlich Willkommen! Sie erfreuen mein Herz zutiefst.«

Sara wendet sich Omid zu und sagt:

»Omid, bitte erlauben Sie, dass wir zum Arzt fahren. Wir essen an einem anderen Abend gemeinsam, wenn es Ihnen wieder gut geht.«

»Setz dich, Fräulein Sara. Gut? Was ist gut? Was ist schlecht? Was macht das für einen Unterschied? Manchmal gehen die Guten schneller als die Schlechten. Und manchmal ist der Gute ...« Da beginnt er zu weinen.

»So wie Nawid und Ali und Farid, die Guten die schneller gingen und der Gute, der ich bin, ist länger geblieben. Manchmal, Sadegh, muss man ins Gefängnis gehen und wieder zurück kommen. Und so hat man dann einige Jahre seiner Zeit vergeudet, und dann kommt ein Kriminalbeamte und sagt, man soll auf Schadensersatz klagen. – Sadegh, vergiss nicht, dass du gesagt hast, du möchtest in die Immobilienbranche gehen. In die Immobilienbranche, für Personen die nicht so viel Geld haben.«

»Ja, Omid. Ich vergess es nicht, ich werde das auf jeden Fall tun. Aber jetzt ist nicht die Zeit für diese Worte. Du musst doch zugeben, dass es dir nicht gut geht.«

»Du wiederholst dich nur. Mir geht es gut. Ihr seid bei mir zum Abendessen eingeladen, nicht ich bei euch im Krankenhaus.«

Omid setzt sich an den Platz, der keine Blüte hat. Sara serviert das Essen, nachdem alle Platz genommen haben.

Sie haben gerade angefangen zu essen, als Omid zusammenbricht. Er hat kaum noch Farbe im Gesicht und liegt neben der Tafel. Sie bringen ihn ins Zelt. Omid spricht nur noch mit Mühe. »Erinnerst du dich, Sadegh? Erinnerst du dich, dass ich meiner Mutter versprochen habe, wieder gesund zu werden?«

»Ja, Omid, ich erinnere mich.«

»Jetzt bin ich ganz gesund. Ich könnte fliegen.«

»Aber es geht Ihnen nicht gut, Omid.«

»Du wiederholst dich schon wieder.«

Sadegh sagt weinerlich: »Ja, Omid, ich erinnere mich.«

»Jetzt bin ich ganz gesund. Dieser Omid ist schließlich wieder ganz gesund geworden. Ganz gesund, ganz gesund.«

»Ganz gesund?«

»Ja, hör gut zu.«

»Ich bin vor drei Tagen ins Krankenhaus gegangen. Ich bin ins Krankenhaus gegangen, damit du dein Projekt mit der Immobilienbranche weiterführst.«

»Krankenhaus? Mein Projekt?«

»Ja, ich bin ins Krankenhaus gegangen und habe gesagt, dass ich eine Niere verkaufen möchte.«

»Eine Niere verkaufen?«

»Ja, Sadegh, ich habe dir doch gesagt, dass eine meiner Nieren nicht funktioniert. Daher habe ich nur eine Niere verkauft.«

Omid greift in einen Beutel und holt ein Paket heraus.

»Komm Sadegh, komm in meinen Arm! In dem Paket sind dreißig ...«

Omids Stimme war kaum noch zu hören.

»Dreißig ... 500.000 Tuman-Scheine. Für dein Immobilienprojekt, Sadegh.«

Dann sieht er den Beamten an. »We... we... wenn ... sie ... die ... Juwelen ... mei... meiner ... Mutter finden ... ge... gehören ... sie ... Sadegh ... Nicht ... vergessen. Die ... Ke... Kette ... is... ist ... für ... S... Sa... Sara ...« Omid verstarb.

Es war, als ob er sich mit den Kerzen abgesprochen hätte. Eine nach der anderen ging aus. Das Geräusch des Weinens von Sadegh und Sara und des Beamten erfüllte das Zelt.

Als sie aus dem Zelt kamen, nahm Sara alle Blumen und stellte sie in das Glas von Omid.

* * *

Das Gericht hat Sadegh für unschuldig erklärt. Der Richter sagte Sadegh, dass er ruhig auf Schadensersatz klagen solle, so dass das Gericht sich um die Formalitäten kümmern könne. Der Kriminalbeamte hatte den Untersuchungsbeamten gefunden. Nur noch die Halskette von Omids Mutter war übrig geblieben. Alles andere hatte er schon verkauft.

Zwei Monate nach Omids Tod wurde die Schadensersatzklage behandelt. Aus Amirs Vermögen wurden 30 Millionen an Sadegh übergeben.

Sadegh und Sara sind nach ihrer Hochzeitsfeier nach Sahedan gegangen. An ihrem Hochzeitstag trug Sara die Halskette von Omids Mutter. Sara setzte ihre Ausbildung in Sahedan fort.

Sadegh baute mit dem Geld aus seiner Schadensersatzklage ein siebenstöckiges Haus mit Aufzug, in welchem jede Etage vier Wohnungen zu je 80 Quadratmeter hatte.

Er nannte das Gebäude: »Haus der Freundschaft«.

Ein Haus, das er für Obdachlose baute.